國立中央圖書館出版品預行編目資料

大陸當代文學掃描／葉穉英著--初版--
臺北市：東大出版：三民總經銷，
民79
面；　公分--（滄海叢刊）
ISBN 957-19-0106-7（精裝）
ISBN 957-19-0107-5（平裝）

1. 中國文學—歷史與批評—現代
(1900-　　)—論文，講詞等
820.7

大陸當代文學掃描

著者　葉穉英
發行人　劉仲文
出版者　東大圖書股份有限公司
總經銷　三民書局股份有限公司
印刷所　東大圖書股份有限公司
地址／臺北市重慶南路一段六十一號二樓
郵撥／〇一〇七一七五一〇號
初版　中華民國七十九年五月
編號　E 82059
基本定價　叁元柒角捌分
行政院新聞局登記證局版臺業字第〇一九七號

ISBN 957-19-0107-5

滄海叢刊

大陸當代文學掃描

葉穉英　著

1990

東大圖書公司印行

自序

中共竊據大陸後，「階級鬥爭爲綱」的觀念是它統治的基本概念。將其施之於對文藝的統御上，中共強調文藝爲「工農兵、政治服務」，要求作家以「階級鬥爭模式」來規範一切生活現象。在這種情形下，作家的心靈長期受到嚴重的束縛，創造力受到扼殺，所產生的作品，於是只是對生活的狹隘的、歪曲的表現，明顯地表露了對人自身世界的疏離。這種封建文化專制主義至「文革」期間登峯造極，當時的文學創作竟淪落到「假、大、空」和「矇與騙」的地步。

「文化大革命」的結束，標幟著大陸文學創作荒原的回春。文學創作逐漸由「工具論」、「反映論」以及絕對化的共性概念裏解放出來，作家的獨立觀念和主體意識重新萌發。大陸作家自此不再將人僅僅理解爲社會集體理性化的人，而把人還原爲一個個、各具面貌、精神的獨立個體。對個體主體價值的尊重和刻劃，迎來一個有血有肉、紛繁開放的「文革」後的大陸文學的新世紀。

「文革」甫告終結的一九七六——七九年間，大陸作家以人道主義的胸襟，對「文革」這場浩刼對中國人民所造成的人身摧殘以及精神扭曲，作出強烈的控訴與抗議，這一階段的作品，一般被稱作「傷痕文學」。隨著歲月的過去，大陸作家們沉潛下來，開始冷靜思考造成這場刼難的前因後果，而有七八——八三年間「反思文學」的潮流；八三年以後，大陸作家由政治性的反思更進一步爲文化性的反思，而有「尋根文學」的熱潮。大陸當代這些文學潮流的流變及其代表作品，本書內均有詳述，張賢亮、阿城這兩位「反思文學」、「尋根文學」的代表作家，另有專文介紹。

在一片文學人道主義的創作潮流中，「愛情文學」、「女性文學」在大陸文壇亦應運而生。作家將筆觸伸向每一個獨特的感情世界、精神世界；女性意識的覺醒，女作家紛紛以創作來進行自身生存價值的思考，諶容、宗璞、張潔、張辛欣、張抗抗各有表現，本書亦有論述。

與小說創作並駕齊驅、同樣成績斐然的還有報告文學。劉賓雁、王若望二人是個中翹楚。劉賓雁以筆代劍，勇敢地干預生活、干預社會，對人的尊嚴和價值發出強烈的呼籲。對這兩位作家的生平與作品分析，亦是本書內容。

「六、四」天安門事件之後，大陸情勢丕變，多位人權作家受到禁制，文藝又走回社會主義文藝創作的老路子。七六年迄今十餘載的大陸文藝創作的暖春於是彌足珍貴，爰爲文推介。筆者學識譾陋，大陸當代文學作品卷帙浩繁，掛一漏萬，實所難免，謹此就教方家。

大陸當代文學掃描 目次

「傷痕文學」和「反思文學」淺探

■「文革」結束後，那些令人怖慄的生命體驗和歷史背景，夜夜進入生還者的夢魘之中。

■作家們開始冷靜地思考造成這場社會悲劇的前因後果，對社會歷史加以重新觀照。

一 前言

一九六六年到一九七六年發生在中國大陸的十年「文化大革命」（後文簡稱文革），是一場大規模的大迫害與大屠殺。受迫害致死者高達三千一百萬人，株連的人數更高達一億人。論規模與株連人數，稱得上是有史以來的人類最大的浩刼。「文革」結束後，那些令人怖慄的生命體驗和歷史背景，夜夜進入生還者的夢魘之中，壓得他們不得不借助於「傷痕文學」的種種控訴、憤懣、呻吟來宣洩出他們心頭的重負，控訴「文革」的「傷痕文學」就在這樣一個背景下於焉產生。

正因爲「傷痕文學」一方面從理性上加重了大陸人們的傷痛，正面強化了大陸人們憎恨「洗刼」的社會姿態，另一方面，又從心理上減輕了大陸人們的傷痛，幫助大陸人們恢復走向未來所必須的心理力量❶，二者大大有助於「文革」後的中共精神復建工作，於是中共默許「傷痕文學」作品的發表，這正說明爲什麼一九七七——一九七九年會有數量衆多的「傷痕小說」的產生。其中最出名的有盧新華的〈傷痕〉❷、巴金的〈懷念蕭珊〉❸、劉心武的〈班主任〉❹、白樺

❶ 許子東，〈新時期的三種文學〉，《文學評論》月刊，一九八七年第二期，頁六四。
❷ 上海《文匯報》，一九七八年八月十一日。
❸ 巴金這篇作品原載於一九七九年四月號的廣州《作品》月刊，巴金爲香港《大公報》撰寫的《隨想錄》中也刊出此文。本文引自巴金，《隨想錄》（上册），香港三聯書店，一九八一年五月，頁一四—三二。
❹ 《人民文學》，一九七七年第十一期，頁一六—二九。

的劇本《苦戀》❺、陶斯亮的「一封終於發出的信」❻等等。

而後，隨着歲月的流逝，「傷痕文學」單純地歌頌與暴露的表現形式再也滿足不了人們對「文革」的思索，作家們開始冷靜地思考造成這場社會悲劇的前因後果，對社會歷史加以重新觀照，於是而有所謂「反思文學」作品的出現。

「反思小說」具代表性的作品有王蒙的《布禮》、《蝴蝶》、高曉聲的《李順大造屋》❼、張一弓的《犯人李銅鐘的故事》、茹志鵑的《剪輯錯了的故事》❽、及張賢亮的《綠化樹》❾、《男人的一半是女人》❿等等。

目前在大陸「傷痕文學」和「反思小說」作爲文學潮流，它的高潮雖然已經過去，但是這些作品對於「文革」的血淚控訴，及對造成「文革」刼難的歷史性反思，自有其一定的時代價值存在。本文卽根據「傷痕文學」、「反思文學」兩個進程，來分析七六年——八三年間的大陸文學

❺《苦戀》初名「路在腳下伸延」，改編成劇本後，先名「太陽與人」，後改名「苦戀」，此據陳若曦：《文藝下馬——中國大陸新『文藝整風』》，《中國時報・人間副刊》，民國七〇年五月二十四日。

❻《人民日報》，一九七八年十二月十日。

❼原載於《雨花》，一九七九年第七期，轉引自《中國當代文學作品選評》（中），河北人民出版社，一九八四年十月，頁三七一—三九二。

❽《人民文學》，一九七九年第二期，頁六五—七六。

❾原刊於大陸刊物中，本地新地出版社予以整理出版，本文引自臺北新地出版社，民國七六年三月初版。

❿原刊於一九八五年五月的《收穫》月刊上；本文引自臺北文經出版社，民國七六年初版。

思潮。

二 「傷痕文學」（一九七六——七九）

㈠「傷痕文學」一辭的來源及其主要內容：

「傷痕」一詞出自上海復旦大學中文系學生盧新華一篇題爲〈傷痕〉的小說。內容在描寫一個十六歲的女孩王曉華在「文革期間」與母親劃清界線，後來母親病重，女兒趕回上海，演出生離死別悲痛的故事⑪。

這短篇小說造成極大的影響。旅美華裔學者許芥昱在「美國加州舊金山州立大學中共文學討論會」上談到：「（中國大陸）自一九七六年十月以後，文學作品方面以短篇小說最爲活躍，最引起大眾的注目的內容，我稱之爲“Hurts Generations”，就是『傷痕文學』，因爲有篇小說叫做「傷痕」，很出鋒頭，這類小說的作者，回憶他們在「文革」時所受的迫害，不單是心靈和肉體的迫害，還造成很大的後遺症。我把這一批現在還繼續不斷受人注意討論的文學，稱爲『傷痕文學』。」⑫這是「傷痕文學」乙詞首先出現了學術界。

⑪ 同⑫。

⑫ 許芥昱，「美國加州舊金山州立大學中共文學討論會上的發言」，高上秦主編，《中國大陸抗議文學》，臺北時報文化出版公司，民國六八年八月，頁八六。

中共《文藝報》爲〈傷痕〉這篇小說特別召開的一次討論會，該刊主編馮牧在會上談到：「〈傷痕〉抓住了有普遍意義的問題，概括了一種生活的現象，即『四人幫』不僅嚴重地破壞了生產，迫害了一大批對『黨』忠心耿耿的幹部，而且損害了青年的心靈，造成難以彌補的傷痕。」⑬顯示「傷痕文學」當時已成爲中共文藝創作的主流，受到普遍的討論和重視。

(二)「傷痕文學」作品舉隅：

1. 盧新華的〈傷痕〉：

盧新華是下放知青，原籍江蘇省。一九七八年文革結束後考入上海復旦大學⑭。

小說〈傷痕〉的女主角王曉華，本在上海唸中學，母親在學校當校長。突然，母親莫名其妙地被劃爲「叛徒」，關入黑牢，她這個十六歲的「叛徒」女兒，也受到種種歧視，她於是離家出走。

春節到了，王曉華耐不住孺慕之思，決定搭火車回家看母親。但母親卻在她抵家的前一晚，難以瞑目地嚥下了最後一口氣，臨終前給女兒留下這樣的遺言：

> 盼到今天，曉華還沒有回來。我更想她了。雖然孩子的身上沒有像我挨過那麼多「四人

---

⑬ 馮牧，「在北京短篇小說座談會上的發言」，《文藝報》，第三四三期（一九七八年七月），頁一〇。

⑭ 轉引自高上秦編，《中國大陸抗議文學》，頁一一五。

幫」的皮鞭，但我知道，孩子心上的「傷痕」比我還深得多⑮。

王曉華奔到醫院，迎接她的卻是白布覆蓋下的母親的僵硬的身子，王曉華悲痛欲絕地喊出：

啊！這就是媽媽——已經分別了九年的媽媽！

啊！這就是媽媽——現在永遠分別了的媽媽⑯！

中共荒謬的「階級鬥爭」論，造成了母女之間人天永隔、再難彌補的人倫悲劇，在年輕一輩身上也留下了難以平復的心靈創傷。

2. 劉心武的〈班主任〉⑰：

劉心武是「文革」後最出名的作家之一，擔任中共官方文學刊物《人民文學》的副主編。前一陣子，中共發動「反對資產階級自由化」運動時，劉心武曾一度被點名批判撤銷職務，後來又恢復原職。

〈班主任〉裏刻劃了兩個典型的形象：一個是野蠻混沌的小流氓宋寶琦；另一個則是思想、性格僵化的「好學生」謝惠敏。宋寶琦「什麼『成名作家』他連想也沒想過，因爲從他懂事的時候起，一切專門家——科學家、工程師、作家、教授……幾乎都被林賊、四人幫打成了『臭老

⑮同⑭，頁一三〇。

⑯同⑭，頁一二八。

⑰同④。

九』，論排行，似乎還在他們流氓之下，對他來說，何羨慕有之？」[18]於是，他一方面甘心地爲大流氓跑腿；一方面又以搧比他小的流氓耳光當作最大的樂趣。謝惠敏則是受「四人幫」看中欲加以培養的典型。「在謝惠敏的心目中，早已形成一個鐵的邏輯，那就是凡不是書店出售的，圖書館外借的書全是黑書、黃書。」[19]班主任張老師禁不住歎息：「可憐而又可愛的謝惠敏啊！她單純地崇信一切鉛字所排印出來的東西，而在『四人幫』控制與論工具的那幾年裏，她用虔誠的態度拜讀的報紙刊物上，充塞著多少他們的『幫文』，噴濺出多少戕害青少年的毒汁啊！」[20]而班主任張老師的工作就是要幫助謝惠敏、宋寶琦消除「四人幫」的流毒。

〈班主任〉透過刻劃宋寶琦、謝惠敏這兩個畸型的青年學生，揭示了共產主義意識形態對大陸年輕一代靈魂的扭曲。特別是謝惠敏的形象。儘管劉心武所關切的只是教育和青年問題，卻概括了長期政治謬誤所造成的整個民族思想的僵化，發揮了政治批判的目的[21]。

3.李家華的《新詩學》[22]：

李家華是貴州人，是大陸民辦刊物《啟蒙社》的六個創辦人之一。李家華和其他「文革」後

[18] 同[4]，頁二二一。
[19] 同[4]，頁二二〇。
[20] 同[4]，頁二二〇。
[21] 季紅眞，〈文明與愚昧的衝突（上）〉，《中國社會科學》，一九八五年第三期，頁六。
[22] 轉引自高上秦編，《中國大陸抗議文學》，頁五七——一〇〇。

出現的年輕詩人舒城、北島一樣，敢於突破思想的禁區與政治的藩籬，以充滿感情的詩句，將年輕人在「文革」中受欺騙、被下放的沮喪、壓抑心情，透過詩的意象傳達出來。

《新詩學》共收錄了〈人〉、〈信仰〉、〈深度和廣度〉、〈崇高的使命〉、〈思想〉、〈創造〉等七首新詩。《新詩學》之所以爲「新」，並不是形式上的新，而是內容上的新。李家華從有限的外國史知識和外國文學作品中，吸收到追求光明、揭露黑暗的自由主義，並培養出一種質問兇手、參與受難的正義勇氣㉓。在〈深度與廣度〉一詩裏，詩人義憤塡膺地咆哮：

去參與受難者的生活。
問他們脚上的鐐銬有多重，
臉上「罪人」的烙印有多深；
問他們爲什麼被人凌辱，
如何在月夜逃出主人的魔窟；
問他們流過多少血和汗，
作過多少期望的夢……

※　※　※

㉓ 同㉒，頁六〇。

去質問那些殘暴的兇手，
問他們根據什麼「天理」制定苛酷的法律，
在法律上把活人定爲商品㉔！

用朦朧的詩句，對「四人幫」的無法無天、凌辱迫害作出了有力的抨擊與控訴。

4. 白樺與〈苦戀〉：

白樺原名陳佑華，早在一九五〇年代即開始寫作，是和劉賓雁、王若望一樣的老左翼作家。「文革」期間被打成「黑幫」，四人幫下臺後，復提筆寫作㉕。

〈苦戀〉的原稿是長篇電影詩，先在香港《文匯報》發表。一九七九年四月，白樺和彭寧合作，將它改編爲劇本，刊在當年三月的《十月》上㉖。

〈苦戀〉描寫的是一個知識份子回歸的悲劇。主角凌晨光在大陸陷共之前離開中國大陸到美洲，在美洲獲致極高的成就，是一個知名的畫家。後來，因懷念「祖國」毅然回歸大陸。「文革」時受盡迫害，後來因在「天安門事件」時張貼標語而被追捕，最後倒地而亡，臨死也不瞑目，「他的眼睛沒有閉，睜著，靜止地睜著……」。

㉔ 同㉒，頁八〇—八一。
㉕ 黃南翔，〈白樺和他的文學活動〉，香港《明報》，一九八一年四月二十五日。
㉖ 同⑤。

在〈苦戀〉裏，白樺藉著凌晨光的嘴，對「四人幫」發出這樣的憤懣與譏刺：

既然是同志、戰友、同胞
你何必要爲我設下圈套？
旣然你打算讓我帶上鐐銬，
又何必面帶微笑？
你們在我們嘴上貼滿了封條，
我們在自己的腦袋上掛滿了問號！
啊！眞正的同志！戰友！同胞！
爲什麼不像星星那樣互相照耀！

〈苦戀〉還透露了「您愛這個祖國，可是這個國家愛您嗎？」值得深思的憤語，並在劇中一再用天上的人字雁羣，暗喻在一切權利之上還有人道，以譴責中共踐踏了人的尊嚴，抹殺了人的價值[27]。白樺卽因此劇被點名批判，此卽有名的「白樺事件」[28]，連帶地還引發了一連串中共對

---

[27] 文壽，〈人的形象〉，《中央日報・副刊》，民國七〇年五月二十一日。

[28] 同[25]。

文藝界的整風㉙。

㈢「傷痕文學」的價值：

「傷痕文學」是否定「文化大革命」的文學，作家們以人道主義的眼光，對以「階級鬭爭爲綱」的文化觀念作出強烈的抨擊。這種抨擊不僅是情感的迸射，也包含著初步的反思。它的批判的對象包括階級鬭爭擴大化的理論和實踐，如盧新華的〈傷痕〉；反革命集團的罪惡和極左路線的危害，如劉心武的〈班主任〉；還包括冤獄、株連和個人崇拜，如白樺的〈苦戀〉及巴金的〈懷念蕭珊〉等。整個「傷痕文學」是對十年刼難的一次巨大羣體性的情感抗議。

正因爲「傷痕文學」作品產生在「文革」甫結束的那段時期，作家的思想還沒有從長期束縛他們的思維模式中完全解放出來，於是，在一些「傷痕」的作品裏，每每把普通人的悲劇歸因於惡人的陰險和狡詐，表現出來的是一種忠心而未被理解的寃曲和不平，是一種肯定個人崇拜前提下的對野心家的譴責，而不能引出對「文化大革命」之所以會發生的歷史淵源的探討㉚，「反思文學」於焉產生，乃是「傷痕文學」的必然延伸與深化。

㉙《人民日報》特約評論員，〈愛國主義是建設社會主義的巨大精神力量〉，一九八一年三月二十日，該篇社論是針對〈苦戀〉等作品而發，該文獲《北京日報》和上海《解放日報》轉載。後來，《解放軍報》一九八一年四月十七日的社論指出：除白樺外，還有劉賓雁、王蒙、王若望、李淮、沙葉新、高曉聲等人的作品也要清算，一場文藝整風於是展開。

㉚劉再復，〈新時期文學的主潮〉，上海《文匯報》，一九八六年九月八日，第二版。

三 「反思文學」（一九七九——一九八三）

㈠「反思文學」

「反思」一詞出自英國哲學家洛克，他將「心靈內部活動」的知覺稱爲「反思」。「文革」後大陸文學創作由「傷痕」轉向「反思」的歷史潮流裏，作家對「文革」的批判逐漸深化、對那段浩刼重新觀照等只是見之於外的表象，隱藏在「反思文學」潮流背後的哲學思潮才眞正扮演了催生婆的角色。一九七九年中共十一屆三中全會展開了關於眞理標準問題的討論，提出了實事求是、解放思想的路線。作家們於是用「實踐」這一威力無比的眞理去審視一切，而有「反思小說」的大量出籠。在這些作品裏，主題已由政治性的批判轉入深層次的哲學性歷史反思了。

㈡「反思文學」作品舉隅

1. 高曉聲的〈李順大造屋〉：

高曉聲一九二八年生於江蘇省武進縣，五十年代初期卽展露了文學才華。後來，被打成右派，回家鄉農村從事勞動，如此持續生活達二十二年之久。在與農民共同生活的基礎上，他產生了與農民共有的感情㉛。

㉛ 同⑦，頁三九二，「作者簡介」。

〈李順大造屋〉是高曉聲重返文壇後的第一篇有影響力的作品。小說以一個憨直、對共產黨滿懷理想的農民李順大三十年造屋的始末，來概括大陸當代農村生活的歷史。李順大在中共「政權」建立之前，是一個徘徊於飢餓線上的窮船戶，苟延殘喘度日，從不曾奢望造一間遮風蔽雨的住屋。中共實行「土改」以後，李順大樂觀地認定自己有了共產黨和社會主義這座靠山，在新的社會條件下，他們一家決心拼死拼活要蓋出三間房。但每一次夢想接近實現的時候，就被政治的變動粉碎了。一直熬到一九七九年冬天，政治形勢發生了有利於農民的根本變化，李順大一家才終於造成了屬於他們自己的房子㉜。

高曉聲在探討李順大的一生命運時，最重視的是政治的動盪對農民經濟生活的影響，以及他們精神的惶惑和成長㉝。長期以來的左傾思想不斷地侵犯和剝奪農民的經濟利益，從而挫傷了他們的積極性，嚴重破壞了農村的生產力，這是作者藉著李順大造屋史對中共極左統治的深刻抨擊。

但正如高曉聲自己所言：「李順大固然在十年浩刼中受盡了磨難，但是，當我探究中國歷史上爲什麼會發生這場浩刼時，我不禁想起李順大這樣的人是否也應該對這段歷史負一點責任。」㉞

㉜ 同⑦。
㉝ 同㉑，頁一〇。
㉞ 高曉聲，《長江文藝》，一九八〇年九月號；轉引自季紅眞，〈文明與愚昧的衝突（上）〉，《中國社會科學》，一九八五年第三期，頁一一。

李順大對社會主義的理解只是「樓上樓下，電燈電話」[35]，他對蘇聯的恐懼，以及對親家新屋被拆的嘲謔態度，在在都體現了傳統中國農民自私、落後、無知、「自家人拆爛污」等等弱點。高曉聲很明顯地在頌揚農民善良、勤勞等優美品格的同時，也深切了解他們這些弱點若是不改正，中國還是會出現皇帝的。正是從這種在對現實苦難的描述裏，融入了歷史的思考，才使得高曉聲的農民觀念更具歷史感，這種反思歷史的獨到的深度，也使得他的作品卓然立於同類題材作品之首。

2. 茹志鵑的〈剪輯錯了的故事〉[36]：

茹志鵑是五〇年代在大陸文壇上崛起的女作家。一九二五年生於上海，祖籍浙江杭州，是大陸新一代女作家王安憶的母親[37]。

七九年復出後，她寫出〈剪輯錯了的故事〉、〈草原上的小路〉、〈一支古老的歌〉等一系列的小說。這些短篇小說主要在探索老一輩出生入死的革命者，三十年下來，爲什麼已經不能和羣眾、下一輩溝通，甚至完全走向他們的對立的道路去？

在〈剪輯錯了的故事〉這篇小說裏，這個和羣眾疏離的老幹部的名字叫老甘。在艱苦的戰爭年代裏，他和農民羣眾們同甘共苦、生死與共。到了五八年「大躍進」時，老甘卻在「浮誇風」

[35] 同[7]，頁三八九。
[36] 同[8]。
[37] 《中國當代文學作品選評》（中），頁一八三——一八四，「作者簡介」。

下，學會了弄虛作假，欺上瞞下。為了自己的昇遷，不顧農民死活，要求狂熱蠻幹。當年戰爭時候一心一意支援過老甘的農民老壽，不禁對前後判若二人的老甘發出「革命現在好像摻了假，革命有點像變戲法……」㊳的強烈諷刺的質疑。

茹志鵑透過刻劃老甘在兩個不同年代裏判若二人的思想、行為，思索中共立「國」以來幹羣（幹部和羣眾）關係的明顯變化，而對當前大陸社會的一個重要問題——老（中）年幹部的異化問題深致憂慮。

3.張賢亮的〈綠化樹〉與〈男人的一半是女人〉：

張賢亮是江蘇人，一九三六年生於南京。自小就表現出文學方面的才華和興趣。一九五八年因寫作政治抒情詩〈大風歌〉被劃為「右派份子」，至此被下放到寧夏長達二十年之久㊴。

隨著「文革」那個瘋狂時代的結束，隨著他這種自我張揚的浪漫天性的重新萌發，張賢亮長期蘊積的創作熱情再度迸發，他於是陸續地寫出〈靈與肉〉、〈肖爾布拉克〉、〈綠化樹〉、〈男人的一半是女人〉等一系列以知識份子在「文革」中的命運為主題的小說。

〈綠化樹〉這篇小說，可以簡單概括為知識份子章永璘如何在反右、文革期間在農村接受貧下中農再教育，並與塞外女子馬纓花相戀卻終未結合的故事。它的深沉涵義則在於對於知識份子

㊳ 同❽，頁六九。

㊴ 立文，〈張賢亮與「牧馬人」〉，香港《鏡報》月刊，一九八二年十二月，頁六〇。

地位與思想意識變異現象的揭示，以及他們如何在人民溫厚的土壤再萌生出生活意志的過程的闡釋。

「文革」那種幾乎把所有知識、文化都看成是資產階級的精神財富的極左邏輯內化為章永璘的「情結」，他於是「自慚形穢了，輕蔑，我已經忍受慣了，已經感覺不出別人對我的輕蔑了。」[40]章永璘負荷著如此深重的「原罪感」與「自卑感」，毋乃是五七年開始大張旗鼓，至「文革」期間登峯造極的知識份子「大閹割」悲劇中一個極其普遍的現象而已。

這麼一個喪盡自尊、自信的知識份子章永璘後來遇到一個粗獷、慓悍、拉大車的海喜喜，一個眞誠、熱情的女子馬纓花，他們二人對章永璘發揮了逆補及順補的作用，使他由一個空靈、孱弱的知識份子蛻變成一個實在、強壯的勞動者。當新生的章永璘再度踏上那片他從事勞改的土地時，他也對自已的蛻變過程給予了這樣的肯定：「我雖然在這裏渡過了那麼艱辛的生活，但也在這裏開始認識到生活的美麗，馬纓花、謝隊長、海喜喜……這些普通的體力勞動者心靈中的閃光點，和那寶石般的中指紋，已經溶進了我的血液，成了我變為一個人的新的質素。」[41]

〈男人的一半是女人〉無論從小說發生的年代、小說主角和主角的階段性看來，都是〈綠化樹〉故事、人物和本體象徵的延續和發展。男主角仍是章永璘，女主角換了黃香久。

[40] 同[9]，頁五。
[41] 同[9]，頁二四九。

小說乍看之下，很像只是一部涉及男、女主角之間的「性」的敏感問題的庸俗傳奇，但它的深刻意蘊則在於探討知識份子心理被閹割的狀態及其爾後完成自我認同的過程。

章永璘和黃香久結婚後卻發現自己無法和妻子結合，張賢亮此處用生理上的性無能來隱喻知識份子心理被閹割、喪失創造力、生命力的委頓狀態。後來，章永璘在一次抗災救險的行動裏，成了那羣慌亂無著人們的領袖和靈魂，從中第一次體驗了自由人才有的——主宰自己，乃至主宰別人的心理感受，章永璘於是獲得了自我認同，也恢復爲一個正常、昂揚的男子漢。

章永璘最後出走，投入一場眞正屬於人民的運動，更凝聚了張賢亮對「文革」那段歷史的理性總結：儘管「左的政治和四人幫統治閹割著生產力和生殖力，然而，人們的生存和發展的慾望並沒有泯滅，人們在與自然的鬪爭中又不斷地培育出生產力和生殖力。這樣，就必然要爆發一場政治鬪爭，將四人幫及幫派體系整個瓦解。」[42]惟有身歷「文革」災難，才能對「文革」本質作出這麼深沉的思考與檢討！

4.巴金的《隨想錄》[43]：

巴金是三〇年代卽已成名的老作家。中共竊據大陸後，擔任「上海文聯主席」和「上海作協主席」，但無實權。一九六二年發表「作家的勇氣和責任心」，批判大陸文壇。「文革」期間，

[42] 應學犂，〈論「男人的一半是女人」的哲學主題〉，《南京大學學報》，一九八六年第三期，頁五七。
[43] 巴金，《隨想錄》（上），香港三聯書店，一九八一年五月出版。

他爲此文章受了數十次「批鬪」，一九七七年才恢復寫作，寫出〈懷念蕭珊〉及《隨想錄》等作品[44]。

《隨想錄》是巴金在香港《大公報》副刊上開闢的「漫談式」專欄的彙集出版，共五册，一五〇篇。在《隨想錄》裏，巴金把筆當作手術刀，一刀一刀解剖自己的心：懺悔自己爲了苟全，把別人送到解剖桌上[45]；寫過〈遵命文學〉批判柯靈[46]；參加過批判丁玲、馮雪峯、艾青的大會，跟在別人後面丟石頭[47]；思索到封建毒素並不是林彪和「四人幫」帶來的，只因爲我們這個民族自己「吃」那一套封建貨色，林彪和「四人幫」販賣他們才會生意興隆[48]；指出中國人不用自己的腦筋思考，一切訴諸「長官信仰」，才會造成「四人幫」把種種「出土文物」喬裝成社會主義，而以封建專制主義的全面復辟來反對不曾出現的「資本主義社會」[49]；揭露「文革」期間說謊的藝術發展到了登峯造極的地步，謊言變成了眞理，說眞話倒犯了大罪[50]……巴金和別人一樣反思「文革」，但他想到的是自己的幼稚，自己的懦弱，從自己開始去總結這場民族浩刼，他的作品

---

[44] 鄭直，〈巴金的「懷念蕭珊」〉，《中國大陸抗議文學》，頁一一二。

[45] 巴金，〈「隨想錄」合訂本新記〉，《新華文摘》，一九八八年第一期，頁二〇三。

[46] 同[43]，頁三八。

[47] 同[43]，頁一六一。

[48] 同[43]，頁六二。

[49] 同[43]，頁八一。

[50] 同[43]，頁八二。

毋乃是政治性反思、文化性反思，和自審性反思結合得最好的藝術品，中共社會科學院文學研究所所長劉再復稱道它是魯迅之後少數具備「與民族共懺悔」的自審意識的深刻作品之一[51]。

㈢「反思文學」的價值：

「反思文學」從題材上看，它所涉及最多的有兩類：一類是以五八年「大躍進」為開端的農村歷史；另一類則為以五七年「反右鬪爭」擴大化為開端的知識份子的命運。

〈李順大造屋〉、〈剪輯錯了的故事〉屬於第一類。在反映農村題材的這類「反思小說」裏，可以發現一個很突出的現象，將之與中共竊據初期的農村題材小說相較，作品的著眼點已有明顯的不同——即主要已不是農民走不走社會主義道路的矛盾，而是在走上集體化道路之後所遇到的坎坷、辛酸[52]。值得重視的是高曉聲和茹志鵑都在歷史運動的對立面中看到內在的聯繫：高曉聲指出李順大身上的傳統中國農民的弱點也該為「文革」這段歷史負點責任；茹志鵑看出老、中幹部的異化問題是中共長期以來幹羣關係惡化的關鍵。

〈綠化樹〉、〈男人的一半是女人〉屬於第二類。在這兩篇小說裏，張賢亮力圖以更自覺的歷史意識來全面認識大陸當代社會歷史的極左運動，發現歷史運動中許多微小部分的重要意義，以說明無數偶然際遇中的歷史必然性，也包括對知識份子自身的反省[53]。

---

[51] 同[30]。
[52] 張鐘等編，《當代中國文學概觀》，北京大學出版社，一九八六年六月，頁四八八。
[53] 同[21]，頁一一。

四　結論

㈠「傷痕文學」和「反思文學」，其區分點表面看來，是題材和主題的變遷，而這變遷的決定性因子，乃是哲學的介入。在回顧「文革」，乃至更早時期的中共歷史時，「傷痕小說」延續了政治上的歌頌與暴露的傳統，「反思小說」則在反思客觀歷史與主觀自我的時候，傾注了哲學本義的憂患意識。源於先秦儒家「仁」的哲學的憂患意識，表現了中國知識份子的「先天下之憂而憂，後天下之樂而樂」和「我不入地獄，誰入地獄」的思想傳統，這尤其見之於以知識份子爲題材的「反思小說」中[54]。

西德戰後的「廢墟文學」也是傷痕文學的一種，相當深刻地刻繪了戰爭所帶給日耳曼民族的慘痛經驗，但因爲它缺乏深沉的哲學反思，這種文學也就難以爲繼。當代大陸的「反思文學」實在是對「傷痕文學」一次了不起的昇華，具有著極其重大的意義。

㈡八三年以後，隨著「四化」的大規模地展開，振動了整個民族固有的生活秩序，對未來的希冀，對紛繁的現實的徬徨，都讓大陸有深心的作家們不由自主地返身回顧傳統，於是而有八五

---

[54] 張韌，〈文學與哲學的浸滲和結盟的時代〉，《文學評論》，一九八六年第四期，頁四九。

年起的「尋根」思潮的勃發。大陸當代文學自此由對「文革」的控訴、反省進一步深化爲傳統文化的更深層次的思考。對「尋根文學」的探討，留待下篇再說。

中國大陸「尋根文學」的探討

■以追覓民族之根、文化之根和民族文化心理結構為主要目標。

■相對於「五四」核心的批判精神，「尋根文學」的核心便在於對傳統文化的繼承與發揚了。

一 前言

一九七九—八三年盛行於大陸文壇的「反思文學」主要從政治思想角度來思考「文化大革命」以及過去十七年極左路線形成的歷史淵源。隨著社會環境的快速變遷，大陸作家再也不能滿足祇對極左路線的政治性批判，文學的批評鋒芒很自然地轉向了對封建性、民族性和國民性等重大問題的反思。以追覓民族之根、文化之根和民族文化心理結構爲主要目標的「尋根文學」也就水到渠成，應運而生了。這是大陸近年「尋根文學」產生的縱向背景。

另外，從橫向看，「尋根」並不是一個民族的孑然孤立現象。它是世界性的文學思潮。美國早在七〇年代卽出現了以「根」爲專題的長篇鉅著。大陸當前盛行的「尋根文學」作品在藝術角度、方法與技巧方面，無疑帶有著拉丁美洲魔幻的現實主義以及西方文學的痕跡。但它溶入了「文革」後發端的反思意蘊和新舊更替的時代精髓，以當代意識對傳統的歷史文化、民族文化進行重新的認識與評價。「根」的載體往往是「古」，但大陸當前的「尋根文學」並不是復古，它乃是從文化傳統的觀照中創造了認識現實的參照系❶，這是亟待澄清的一點。

❶ 張韌，〈「異鄉異聞」與尋「根」文學〉，《北京文學》，一九八六年第三期；轉引自《中國現代、當代文學研究》，一九八六年第四期（北京：一九八六年四月），頁一〇一。

本文擬對一九八三年起在大陸文壇興起的「尋根文學」的類別、代表作家、代表作品及其思想含蘊作一番陳述與討論。

二　「尋根文學」作家的文學主張

中國大陸尋根文學作家甚多，阿城、鄭義、韓少功、鄭萬隆等爲代表的大陸年輕一輩「尋根文學」作家們，在對「文化大革命」的反省中形成這樣的共識：「『文化大革命』不是一次偶發事件，它的根源在『文化』，在『民族文化傳統』，在『民族文化心理』。」這些作家們於是希望「從這一段被扭曲的文化中，找到導致那場災難的民族文化因素。」❷他們藉著創作「尋根小說」來回視自己的文化，剖析傳統的文化心理，並且紛紛提出下列文學主張，以概括他們的創作。

㈠韓少功在一篇題爲〈文學的「根」〉的文章裏直言「文學有根，文學之根應深植於民族傳統的文化裏」。他並將傳統文化概分爲規範的與不規範的兩部分，不規範文化如俚語、野史、傳說、笑料、民歌、神怪故事、習慣風俗、性愛方式等，更值得作家的注意❸。

❷ 張抗抗，《廢墟的記憶》，《人民文學》，一九八六年第一期（北京：一九八六年一月），頁一一一。

❸ 韓少功，〈文學的「根」〉，《作家》，一九八四年第七期；轉引自滕雲，〈小說文化意識的覺醒〉，《中國現代、當代文學研究》，一九八六年第七期（北京：一九八六年七月），頁八二。

他還認爲，傳統文化的「痕跡」和「投影」多半存在於鄉土，「鄉土是民族歷史的博物館」在城市，傳統文化則存在於胡同、里弄、四合院或小閣樓裏，即所謂「城市裏的鄉村」裏。因此，作爲湖南作家，他到湘西的崇山峻嶺追尋楚文化的根，而賦「歸去來」與「爸爸爸」❹。韓少功且辯析：作家這些尋「根」的思考和創作，都不是出於一種廉價的戀舊情緒和地方觀念，而是要在原始文化中找到現代藝術的營養，釋放現代觀念的熱能，來重鑄和鍍亮民族的自我❺。

(二)阿城則撰文談及文化是高於文學的命題，文化制約著文學。「五四」運動對民族文化採取虛無主義態度，導致民族文化的斷裂。他強調中國文學需要體現「一個強大的、獨特的文化機制」，「中國小說能與世界對話，非要能浸染豐富的中國文化」❻。

(三)鄭義則痛感他們這一代人竟尋不著受過系統的民族文化教育的踪跡。這一代大陸作家民族文化的教養的缺乏，使他們難以征服世界。因而，這些作家每「聚一起，言必稱諸子百家儒道禪」。他們認定：「中國文學將建立在對中國文化的批判繼承與發展之中。」❼

前述三位作家所提出的文化尋根意識反映了三方面的意義：1.在文學、美學意義上對民族文

❹同❸，頁八三。

❺同❹。

❻鍾阿城，〈文化制約著人類〉，《文藝報》，一九八五年七月六日，第二版。

❼鄭義，〈跨越文化斷裂帶〉，《文藝報》，一九八五年七月一日，第二版。

化資料（包括古代文學作品、古代宗教、哲學、歷史文獻等）的重新認識與闡揚；2.以現代人的感受世界去領略古代文化遺風，諸如考察原始大自然，訪問民間風格與傳統；3.對當代社會生活中所存在的舊文化因素挖掘與批判，如對國民性或民族心理深層結構的深入批判等❽，將這三方面的意義施之於創作，就是三者兼而得之，或三者僅取一、二的「尋根小說」了。

三 「尋根文學」的類別及代表作家

大陸當代文學中的文化尋根意義，最早起於王蒙一九八二—八三年間發表的一組〈在伊犁〉系列小說。雖然小說本身不過是個人生活經歷的反思，但其對新疆各族民風以及伊斯蘭文化的關注，對生活的實錄手法以及對歷史所持的寬容態度，都爲以後的「文化尋根」派小說開創了先河❾。

至一九八四—八五年間，中國大陸「尋根文學」作品已經蔚爲大觀、新人輩出了。儘管作家們對「文化」與「尋根」的理解不盡相同，「尋根文學」因而展現了紛繁多樣的風貌，但基本上它可概括爲兩大類別。第一類是一些描繪地域性文化形態的作品，例如汪曾祺的〈大淖紀事〉

❽ 陳思和，〈當代文學中的文化尋根意識〉，《文學評論》，一九八六年第六期（北京：一九八六年十二月），頁二七。

❾ 同❽，頁二五。

❿，鄧友梅的〈那五〉、〈煙壺〉⓫，劉紹棠的鄉土小說，陸文夫的〈美食家〉⓬，李杭育的〈葛川江〉小說，賈平凹〈商州初錄〉⓭，鄭義的〈遠村〉⓮、〈老井〉⓯，韓少功的〈爸爸爸〉⓰，鄭萬隆的〈老棒子酒館〉⓱，張承志的〈黑駿馬〉、〈北方的河〉⓲……等等，這些小說寫北京，寫蘇州，寫江寫河，寫湘寫鄂，寫晉陝甘，寫黑龍江、內蒙、寧夏；寫川原、寫市井、寫邊地、寫民生、民性、民俗、民情……都有著極濃郁的地域性色彩，有很厚重的地域性風俗畫情調和地域性歷史畫卷意味。但又不同於一般的鄉土文學，因爲作品不僅寫民俗和民生，而是把民俗、民生看作一種文化行爲、文化類型，予以歷史的諦視，通過民俗、民生寫出上承傳

---

❿ 轉引自《聯合文學》，第三卷第七期（臺北：民國七六年五月），頁一五六—一六六。

⓫ 原載於《收穫》，一九八四年第一期（上海：一九八四年一月）；轉引自劉思謙、謝望新選編，《一九八四年中國小說年鑑——中篇小說卷》（北京：中國新聞社出版，一九八五年八月），頁一—九七。

⓬ 原載於《收穫》，一九八三年第一期（上海：一九八三年一月）；轉引自《新華文摘》，一九八三年第十期（北京：一九八三年十月），頁九九—一二五。

⓭ 原載於大陸刊物上，本文引自柏楊主編，《賈平凹卷——天狗》（臺北林白出版社，民國七七年三月出版），頁二〇一—三二五。

⓮ 載於《當代》，一九八三年第四期（北京：一九八三年八月），頁八七—一二二。

⓯ 載於《當代》，一九八五年第六期（北京：一九八五年四月），頁八七—一二二。

⓰ 載於《人民文學》，一九八五年第六期（北京：一九八五年六月），頁八三—一〇二。

⓱ 轉引自《聯合文學》，第三卷第六期（臺北：民國七六年四月），頁一二〇—一二五。

⓲ 原載於《十月》，一九八四年第一期（北京：一九八四年四月）；此地新地出版社將其與若干大陸小說作品結集出版，民國七六年二月初版，頁三一一—一七二。

統、下接現實的有關民族文化心理的各個方面⑲。

第二大類的作品，雖然也帶有地域性氛圍，但它所展示的並非地域性文化形態，而是更爲廣大深邃的華夏民族的歷史文化心理。例如阿城和莫言的作品。阿城的成名作〈棋王〉、〈樹王〉〈孩子王〉⑳等直指中國文化的核心，表達了道家縱身大化、同體於自然，人生意識與自然精神相融，而又以人爲主體，以精神爲本體的宇宙觀與人生觀。超越民風、民俗的表現，而浸潤著中國人的哲學、文化和心理傳統㉑。

四　「尋根文學」作品舉隅

㈠鄧友梅、陸文夫的〈煙壺〉㉒與〈美食家〉㉓：阿城、鄭義、韓少功、賈平凹等年輕一輩「尋根文學」作家們固然成績斐然，實實在在給當代大陸小說提高了一個藝術質的層次，然而，

⑲ 滕雲，〈小說文化意識的覺醒〉，《中國現代、當代文學研究》（北京：一九八六年七月），頁八一。

⑳ 〈棋王〉、〈樹王〉、〈孩子王〉是三篇小說，均發表在大陸文學刊物上，此地新地出版社將其結集出版，民國七五年八月初版，頁一—一七五。

㉑ 同⑲。

㉒ 同⑪。

㉓ 同⑫。

他們的實際先驅卻是早期寫出〈那五〉、〈美食家〉和〈受戒〉[24]的中年文化現實主義小說家：鄧友梅、陸文夫和汪曾祺。

大陸一般評論家習慣地把前二者和汪曾祺相提並論，因爲他們是同輩作家中僅有的相對脫俗地表現著地域性風俗畫的小說家。他們上承魯迅、老舍、沈從文、孫犁，下啟韓少功、鄭義、賈平凹等，是大陸當代文學中老一輩有意識的文化小說家。

陸文夫和鄧友梅，他們各自以〈小巷深處〉、〈在懸崖上〉兩篇小說早在五十年代即成了名。而這兩篇小說又都是當時極其難能可貴的「愛情小說」，不久又同時被視爲「毒草」，遭到了被批判的命運。三十餘年來，陸文夫除下放農村外的時間，一直待在蘇州這個江南的天堂城裏，幾乎所有小說的背景都是蘇州，幾乎所有小說人物都是蘇州市民；鄧友梅雖然也寫過一些軍旅生活和國外生活的小說，但是最集中、最重要的則是寫他生於斯長於斯的北京城裏市民生活[25]。

「文革」甫結束，當大陸大多數小說家還熱衷於「傷痕」、「反思」、「改革」這些社會重大題材的浪潮之際，陸文夫和鄧友梅已有意識地潛心於他們的「蘇州味」和「北京味」的小說創

---

[24] 原載於大陸刊物上；本文轉引自《聯合文學》，第三卷第七期（臺北：民國七六年五月），頁一四四—一五五。

[25] 徐劍藝，〈當代小說中的南北先驅——陸文夫和鄧友梅〉，《浙江師範大學學報》（社科版），一九八八年一月；轉引自《中國現代、當代文學研究》，一九八八年第二期（一九八八年二月），頁九二—九三。

作了。

〈美食家〉寫的是蘇州城裏一個靠收房租度日的破落大戶朱自治一生的故事。朱自治別無所長而唯獨會吃。江南姑蘇是天堂，以美食著名，而朱自治正是一個名副其實的美食家。從「解放前」坐著黃包車趕吃到「解放後」徒步找吃；從初始在朋友家的精吃到後來困難時的粗吃（吃南瓜）；從「文革」期間的偸吃到「文革」結束後蘇州名產館恢復時示範式的公吃！小說中描述朱自治「像個怪影似地在我身邊晃蕩了四十年，我藐視他、憎恨他、反對他，弄到後來我一無所長，他卻因好吃成精被封爲美食家。」㉖陸文夫正是藉著寫「吃」——這物化形態的文化，來刻劃過去四十年間蘇州小巷這一地域中的小人物在波譎起伏的政治浪潮中的隨波浮沉的命運。

蘇州這個有一千多年歷史的古城，到處是雕檐畫檣的亭臺樓閣、小橋流水，是一個東方化的享樂型的皇家園林。處在如此自然性格之中的蘇州市民社會，自然是東方型享樂背景下的「小康社會」。這兒生存的人，人與人的關係是主靜不主動、喜和不喜亂的。就是社會翻天覆地，在這兒也化作世俗風波，街談巷議。陸文夫小說中的文化意象羣常是：飯店、茶館、煙紙店、雜貨攤、澡堂子、水井、市場等名副其實的「市井」意象，他筆下的人物是衣食住行的「生活化的人」，凡此可以見出，陸文夫所表現的文化形態側重在「文物」——物化形態的文化㉗。

㉖ 同⑫，頁九九。

㉗ 同㉕，頁九六—九七。

〈煙壺〉刻劃的是北京城裏一個沒落八旗子弟烏世保的一生命運。烏世保因爲一場「寃獄」而家道中落，但他保持住安分守己、守禮好義的傳統道德，又得到聶小軒、壽明等良師益友的襄助，後來終於走上自謀生計的正道。鄧友梅藉著對烏世保個性的抽絲剝繭的層層挖掘，步步揭示出他的意識覺醒。儘管他依然留戀往昔的「滿族貴冑」的榮華富貴，但他以手畫煙壺而第一次賺到錢的那種喜悅心情，標幟著一個貴冑子弟自食其力的勞動意識的覺醒。

鄧友梅所精心刻劃、熱情贊美的鼻煙壺，正是滿洲八旗文化的一個絕妙象徵。文中說到煙壺「滲透著一個民族的文化水平，心理特徵、審美習尙、技藝水平和時代風貌」㉘，又說「煙壺這東西大不過把握，小則如拇指，裝不得酒，盛不得飯。可是它把玉石琢磨、金絲鑲嵌、雕漆、燒瓷、雕塑、繪畫、景泰藍、古月軒各色工藝技術都集於一身，成了中國工藝美的一朶奇葩。」㉙煙壺這一絕技，起初是爲了滿足王孫貴族、有錢有閑階級的怪癖嗜好，後來被用作給洋人進貢送禮，煙壺很明顯地被視作是「封建沒落文化和殖民地文化」的象徵。

鄧友梅藉著〈煙壺〉、〈那五〉等一系列小說，來發掘和表現從清末到中共竊據大陸這一歷史階段中畸形發展的北平市井文化，和這種文化培育薰陶出來的一個特殊市民階層㉚。與陸文夫

㉘ 同⑪，頁二。
㉙ 同㉘。
㉚ 單正平，〈純美的藝術——讀鄧友梅市井小說的一點思考〉，一九八六年第二期；轉引自《中國現代、當代文學研究》，一九八六年第五期（北京：一九八六年五月），頁一二八。

的作品相較，鄧友梅作品所表現的文化形態很明顯地側重於「人物」——人化形態的文化。他小說中的文化意象羣多爲戲社、劇場、古玩店、書院、文人軒齋、文物展覽會等，是非物質生活的市井現象，鄧友梅顯然是從市井階層裏所流傳的已經沈澱爲民間文物化的生活形態來表現這種北平味的民族傳統文化的凝固狀態㉛。

㈡阿城的〈棋王〉、〈樹王〉、〈孩子王〉㉜：阿城原名鍾阿城，生於一九四九年的清明節。「文革」期間他下鄉揷隊落戶，「文革」結束後，他根據下鄉經驗，寫出一系列批判「文革」、反思文化傳統的哲理小說㉝，是中國大陸「尋根文學」派中最受矚目的作家。

〈棋王〉的焦點集中在一個素樸、執拗的棋呆子王一生身上。王一生的象棋學自一個撿字紙的老頭兒。老頭兒向王一生這樣解釋「中華棋道」：「陰陽之氣相游相交，初不必太盛，太盛則折，……太弱則瀉。若對手勝，則以柔化之。可要在化的同時，造成克勢。無爲卽是道，也就是棋運之大不可變，……」㉞。老頭兒完全是把棋道當成是中國傳統的宇宙觀和人生觀融成一片的主要象徵。小說結尾寫一個贏得象棋冠軍的老人對王一生甘拜下風，這樣稱許王一生的棋道：「

㉛ 同㉕。
㉜ 同⑳。
㉝ 李子雲，〈話說阿城〉，香港《九十年代》月刊，一九八六年第一期（一九八六年一月），頁六八。
㉞ 同⑳，頁一六—一七。

你小小年紀，就有這樣棋道，我看了，匯道禪於一爐，神機妙算，先聲有勢，遣龍制水，氣貫陰陽，古今儒將，不過如此。老朽有幸與你交手，感觸不少，中華棋道，畢竟不頹……」㉟更是明白地指出了王一生的棋道是融會貫通了中華民族的基本哲學思想。

阿城將「棋」的使命安在王一生身上，是饒具深心的。阿城似乎「相信人民中間的智慧，相信卑賤者最聰明」㊱，傳統文化的命脈就這樣由撿字紙老頭兒傳給了寒傖貧賤的王一生，王一生從此在變動不居的時運中，毅然地肩負起傳承歷史、文化的重責大任。

〈樹王〉寫的是鄉下老漢蕭疙瘩抗拒知青砍樹，而與樹偕亡的故事。蕭疙瘩護樹的說辭是：「我是粗人，說不來它有什麼用，可它長成那麼大，不容易。它要是個娃兒，養它的人不能砍它。」㊲「可這棵樹要留下，一個世界都砍光了，也要留下一棵，證明老天爺幹過的事。」㊳這種看法完全是道家愛生惜物、不願戕天役物的人道主義的體現，又可看作是蕭疙瘩這一鄉野粗人對傳統文化這棵大樹的珍惜、寶愛，拼死不忍見其焚燬、絕滅。

〈孩子王〉寫的是下鄉知青客串教師、教導一羣鄉下孩童的故事。鄉下教育環境其差無比，

㉟ 同⑳，頁五八—五九。
㊱ 王蒙，〈且說「棋王」〉，《文藝報》，一九八四年第十期（一九八四年十月），頁四五。
㊲ 同㉘，頁一〇五。
㊳ 同㉘，頁一〇六。

師資、書籍嚴重匱乏。但是阿城的用心在寫匱乏環境中的人的精神世界的堅持與豐實：小說中「我」這個年輕老師執著地按照自己的理想教書；鄉下孩子王福勤奮向學、求知若渴；王福的父親王七桶——一個粗人，卽使在「文化大革命」那種漫天蓋地的非文化、反文化的氛圍裏，猶自保持著對文化的尊崇、嚮往，爲了資助兒子上學，而不辭勞苦地上山砍柴。年輕教師臨行慨贈字典給王福，更象徵了文化，知識的傳承和薪火不絕。

由前述三篇作品觀之，阿城小說的整體創作意識，來自作者對傳統文化所作出的思考，以及爲民族文化的現實地位而承受著的渾厚感受[39]。小說裏的棋、樹、字典於是都躍出了字面的、單薄的意義，而負載了豐富而嚴肅的文化意識。

㈢賈平凹的〈商州初錄〉[40]：賈平凹是土生土長的陝西人，一九五二年生。「文革」期間輟學務農，一九八三年起從事專業文學創作，寫出〈商州初錄〉、〈黑氏〉、〈天狗〉等傑作，藉著刻劃陝南山鄉水城的風俗民情，對中國文化的歷史和現狀進行思考，是「文學尋根」派的大將之一[41]。

---

[39] 郭銀星，〈阿城小說初論〉；轉引自《中國現代、當代文學研究》，一九八六年第一期（北京：一九八六年一月），頁一三三。

[40] 同[13]。

[41] 同[13]，頁八—九。

〈商州初錄〉是由引言和十三個篇幅短小、各自獨立卻有著內在聯繫的作品所組成。〈桃沖〉是一篇「桃花源記」式的小說，頌揚樂天安命的人生觀；〈一對情人〉、〈摸魚捉鱉的人〉、〈屠夫劉川海〉寫的是小兒女的戀情或對愛的憧憬，全篇洋溢著山野式的意趣；〈石頭溝裏一位退伍軍人〉以一對鰥夫、寡婦爭取結合的故事，探討鄉野地方不合理的婚姻觀；〈劉家兄弟〉寫一對外鄉兄弟落籍商州賈家溝，後來卻有著截然不同的兩種生命歷程；〈小白菜〉則藉著劇團女演員小白菜在「文革」期間以及以前的遭遇，來反映社會歧視演員，演員社會地位低下的情況；〈一對恩愛的夫妻〉裏揭露了中共上級領導幹部利用職權爲所欲爲的劣行，求訴無門的丈夫最後憤而毀了妻子的容顏㊷。

〈商州初錄〉呈現的是一組特定的社會民俗風情畫面，一個交通閉塞的山區的日常生活面面觀。瀰漫在各篇小說裏的是古樸的商州民風，充滿了原始的純眞和旺盛的生命力，人們求生的手段和渴望都相當粗曠奔放，愛憎分明而強烈，道德的原則重於物質的盤算，強悍堅靭卻又重義豁達。然與此同時，由另一面看，又明顯地停滯保守，狹隘愚昧的偏見左右著許多人的思想，人們於是有意無意間摧毀了許多美好合理的東西而不自覺。這閉塞的天地似乎是恆久不變的，然而當前大陸農村經濟改革的浪潮卻強烈地撼動了固有的一切，兩代人的追求、嚮往與喜好的差異明顯

㊷ 同⑬，頁九。

地標誌著變化的醞釀和運行。作品雖寫的是商州，但實際上是對中國民族精神和現實的再認識。作者讓讀者從歷史與現實的交匯中去思索回味，期待著過去與未來、古樸和文明、精神與物質、傳統美德與現代文明的和諧結合㊸。

五　結　論

基於上述，可知「尋根文學」首先揭開了一個廣大深厚的、一直爲大陸當代文學忽視的領域——文化背景的存在，從而大大有助於豐富作品的底蘊和容量㊹。長期以來，大陸作家在中共的控制之下，習慣性地用「階級鬭爭模式」來規範一切社會生活現象，導致了文學對生活的狹窄的、虛假的、歪曲的表現；「文革」結束後，「階級鬭爭模式」雖然被摒棄，大陸作家的主體心靈獲得自由，作品的題材、風格、人物日益多樣化，但是，不少作家受習慣性思維方式制約，還是從政治的、經濟的、或倫理道德的具體領域出發，作出單向的、表層的思考，對於人物心靈深層面的涉獵猶嫌不足。於是，一些饒有見識的年輕一輩作家如阿城、鄭義、韓少功者流，嘗試

㊸ 劉建軍，《賈平凹論》，《文學評論》，一九八五年第三期（北京：一九八五年六月），頁六六。

㊹ 雷達〈對文化背景和哲學意識的渴望〉，《評論家》（太原），一九八六年第一期（一九八六年一月）；轉引自《中國現代、當代文學研究》，一九八六年第二期（北京：一九八六年二月），頁二〇。

著往民族文化心理中去探頤索隱，將作品與人物滲透到內在的精神特質中去把握和表現，而有深刻的「尋根文學」作品的產生。

其次，「尋根文學」最核心的要義還在於重新認識並發揚光大傳統文化中的菁華。近代以降，中國文化的歷史基本上是批判的歷史，「五四」新文化對傳統文化的基本態度，依據的是歷史的標準，而不是審美的標準。亦卽是，文學不是從自身的角度來選擇傳統文化，而是借用了社會鬪爭和歷史進化的角度來決定自己對傳統文化的態度[45]。作爲新文化運動的旗手，魯迅對傳統文化的批判態度最典型地代表了「五四」精神。他批評的鋒芒不僅指向封建禮教、復古思潮、文言文、國民性等重要文化現象，而且還及於一系列與文化傳統有關的社會現象與學術領域，諸如京劇、中醫、武術、漢字、毛筆字等等。這種對民族自身文化遺產的揚棄與否定的激進過程，實際上，一直延續到「文化大革命」。儘管「文革」和「五四」批判意向的歸屬並不相同（一個歸屬於西方文化；一個歸屬於「無產階級文化」）。但批判的對象卻都是中國的文化傳統。「文革」的終結，並沒有同時導致長達六十年之久的批判時代的終結。在「文革」甫結束文學上的「傷痕文學」時代，「批判」仍是這個階段文學思潮的基本功能。接踵而至的「反思文學」階段，偏激

---

[45] 陳思和，〈中國新文學對文化傳統的認識及其演變〉，《復旦大學》（社科版），一九八六年第二期（上海：一九八六年三月）；轉引自《中國現代、當代文學研究》，一九八六年第六期（北京：一九八六年六月），頁一五三。

開始得到糾正，熱情開始冷卻，於是有個時期有人已提出「愈是民族的，愈是世界的」。這個很有潛力的命題㊻，預譜了「尋根」的前奏。八〇年代開始，大量現代西方文藝作品、理論以及哲學思潮的被引進大陸大大地助長了大陸年輕一輩作家文化意識的覺醒。他們都強調以肯定的方式去吸取傳統文化中的菁華，表現出對民族優良傳統的認同感。用韓少功的話說就是：「它不是出於一種廉價的戀舊情緒和地方概念，而是一種對民族的重新認識，一種審美意識中潛在歷史因素的蘇醒，一種追求和把握人世無限感和永恒感的對象化表現。」㊼相對於「五四」核心的批判精神，「尋根文學」的核心便在於對傳統文化的繼承與發揚了。

中國民族性中存在的優質部分——諸如淳樸、善良、仁愛、信義、堅韌、勇敢、不畏強暴、捨己爲人等等，都是中華民族賴以繁衍不息而屹立於世界的精神力量。在「尋根文學」作品〈棋王〉、〈樹王〉、〈小鮑莊〉㊽、〈黑氏〉㊾等作品中都見到對這些民族優點的闡揚與描繪；但更多的「尋根文學」的作品著重地尋求和描寫古老精神素質中的落後意識，於是遭到大陸文壇兩

㊻ 轉引自李潔非、張陵，〈一九八五年中國小說思潮〉，《中國現代、當代文學研究》，一九八六年第三期（北京：一九八六年三月），頁二一。

㊼ 同❺。

㊽ 原載於大陸刊物上，本文引自柏楊主編，《王安憶卷——小城之戀》，臺北林白出版社出版（民國七七年二月），頁一八七—三〇一。

㊾ 原載於大陸刊物上，本文引自柏楊主編，《賈平凹卷——天狗》，臺北林白出版社出版（民國七七年三月），頁一五—五八。

股不同文學勢力的合剿：一派是西方文化派，他們多半是一些熱衷改造國民性的青年，指責「尋根文學」沒有盡到批判傳統的責任，反而阻撓了中國文化意識的西方過程[50]；另一派是社會功能派，他們非議「『尋根』作品大致注目於粗獷古樸的鄉情民俗的發掘上，未將主要力量放在對現實生活的深刻探求上。」[51]其實，揭露民族文化缺點的作品也並非不能寫，作者以歷史的眼光對這些文化劣質加以批判，使民族文化於沉淪之中得到解脫，也是饒具深意的。

再者，「尋根文學」乃是在「五四」新文化運動的基礎上，作更新、更高的飛躍，或且說更好地超越「五四」。雖然大陸的思想界從「四人幫」的禁錮下突圍而出時，還是重覆了「五四」時期的口號——民主、科學，但由於「十年浩刼」把「封建專制主義」以及依附其上的各種「封建意識形態」的危害性都充分暴露出來，「尋根文學」作家們於是很自然地厭惡和拋棄這一些思想文化垃圾，也很容易把傳統文化中的合理因素和玷污的「封建性」的消極因素清楚區分開來，毋需再像「五四」時期那樣把菁華與糟粕一起否決掉[52]。大陸這兩、三年來「尋根文學」對傳統文化提出重新評價的認識過程，反映了文學經歷了半個多世紀的磨難以後，開始漸漸走向成熟的境界，展現了大陸文學開始擺脫社會學的附庸地位，走向用文學本身價值來取悅於人的正途。

[50] 同[46]，頁二一一。
[51] 何滿子，〈當代文學和西方現代派〉，香港《文匯報》，一九八六年三月三十一日。
[52] 同[45]，頁一五九。

由文學作品看大陸知識分子的歷史命運

■「知低德更高，專多紅便少」？

■相當數量的知識份子收支拮据，生活艱難，健康情況不佳，科技精英死亡率高……。

一 前言

中國現代知識分子是一個複雜的階層。他們是反對帝國主義、封建社會的主要力量，是「五四運動」的發難者，也是中共席捲大陸的推波助瀾者。他們的命運和抉擇反映著現代中國的脈搏、以及國家與人民的前途。因此，知識分子的命運和抉擇便成爲中國現代小說中所著重描寫的題材。

中共竊據大陸以後，在六〇年代初期，大張旗鼓地宣傳「知識分子勞動化」的口號。這種說法認爲，知識分子體力勞動了，才能樹立共產主義的世界觀。中共同時相應地採取了若干改造知識分子的措施。到了林彪、四人幫橫行時期，更徹底地奉行「知低德便高，專多紅便少」的謬論，對知識界進行毀滅性的圍剿：各級各類知識分子被送進五七幹校，橫遭殺戮，大學畢業生長期當工人農民等等。大陸小說中從此不大有知識分子出現，即便有，也以被改造的反面人物出現，被塗抹上不光彩的顏色。

中共十一屆三中全會以後，伴隨著大陸思想理論界有關眞理標準問題、人的本質問題、知識分子的性質、地位和責任問題等的討論，中共開始認識到了知識分子的責任和使命。於是，知識分子的地位和待遇獲得若干改善，控訴和反映知識分子在「文革」，乃至「反右」時期受難及苦痛的文學作品也陸續湧現，匯成近年大陸「傷痕文學」中的一股洪流。

本文就觀察所及的若干以知識分子爲題材的文學作品，將中國大陸知識分子概括爲賤民、懺悔者、女性知識分子三種形象，分別縷述如後：

二 知識分子被凌遲、踐踏的「賤民」形象

中國大陸上作家、藝術家形態的知識分子秉承了中國傳統的「士」的人格特質，普遍擁有強烈的社會責任感和道德義務感，又具備蔑視任何外在權威的自主意識和孤單作戰的鬥爭韌性。在在使得他們在極左政治的統治下，備嘗凌辱和迫害。這些文人、藝術家的受難情形由他們的作品中得以窺見之。

㈠流沙河的〈一個知識分子讚美你〉❶及〈書魂入我夢〉❷等詩：

流沙河原名余勛坦，一九三二年生於四川省成都市。五〇年代即發表詩作，頗獲好評。五七年被劃爲右派分子，停止寫作。「文革」一起，流沙河被加諸的勞動加劇，精神上的壓力也更

❶ 轉引自何西來，〈崎嶇小路上的苦樂——論新時期文學中的知識分子問題〉，《新文學論叢》（北京，一九八四年三月），頁五八。

❷ 轉引自《聯合文學》（臺北，民國七七年二月），頁一〇〇。

甚。一直到一九七八年才獲得平反，翌年流沙河恢復寫作，寫出一系列控訴「四人幫」侮辱人格的悲憤詩❸。

在〈一個知識分子讚美你〉的詩裏，流沙河回顧了「文革」期間接連不斷的批鬥和紅衛兵們對他人格的凌遲：

我像猪一樣被拖到街頭
向打手求饒，請打輕些
不要一拳將我當場擊斃
仰面我有愧於張志新大姐姐
俯面我有愧於遇羅克小弟弟
枉自你教育我許多年
我仍然這般地不成器

在人格的凌辱面前，原應奮勇、無畏地抗爭，但是，流沙河沒有那樣做。他承認自己膽怯，「不敢抗議，也不敢橫眉」❹。多年的低賤待遇，長久以來的反覆揉搓和踐踏，已經大大地銷蝕了流沙河年輕時的那股勃然英氣。詩人念著家小，只能忍辱偷生，猶深自慚愧著自己不能像張志

❸ 同❷，頁八六。
❹ 同❶。

新、遇羅克那樣義無反顧地與「四人幫」惡勢力鬪爭到底！

在〈書魂入我夢〉的詩裏，流沙河將書本擬人化，藉著他們的聲口，這樣控訴「文革」期間焚書坑儒的罪行：

我豈是薄倖人，朝秦暮楚？
是人家恨你們，說你們毒。
不把你們砍盡殺絕，焚屍棄骨，
那銅打鐵鑄的江山就要保不住！

人類知書識理，文化才會進展。然而，古今多少讀書人用親身經歷說明：知書識理，會受苦受害。〈書魂入我夢〉叫我們同情知識人的悲哀，也叫我們因爲看不到知識勇士的悲壯而惋惜。

(二)巴金的〈懷念蕭珊〉❺：

巴金原名李芾甘，早在三〇年代即以《家》一系列小說而名噪一時，是三〇年代最出名的左翼作家之一。「文革」期間受殘酷批鬪。「文革」結束後，巴金寫出反思「文革」、抗議「四人幫」迫害的皇皇鉅著——《隨想錄》。〈懷念蕭珊〉是其中的一篇。

蕭珊是巴金的妻子，在「文革」期間受巴金株連，被凌虐至死。〈懷念蕭珊〉一文是巴金對

❺ 巴金，〈懷念蕭珊〉，載於巴金著，《隨想錄》（上册）（香港，三聯書店，一九七九年十二月），頁一四—三二。

愛妻的悼亡之作。

在〈懷念蕭珊〉裏，巴金不堪回首地追憶那段被批鬪的日子：「每天在『牛棚』裏面勞動、學習、寫交待、寫檢討、寫思想匯報。任何人都可以責罵我、教訓我、指揮我。從外地到作協來串連的人可以隨意叫我出去『示眾』，還要自報罪行。」❻這時候，唯一能爲巴金分擔痛苦，給他安慰與鼓勵的只有妻子蕭珊。但蕭珊不但未能減輕巴金的「反革命」的罪行，自己反而受到牽連，被關進「牛棚」，掛上「牛鬼蛇神」的字牌，還挨了北京來的紅衛兵的銅頭皮帶，留在她左眼上的黑圈好幾天才褪盡。人們的白眼、紅衛兵的拷打、折磨漸漸地蠶蝕了蕭珊的身體，癌細胞開始在她的身體裏擴散，她卻因爲是巴金的妻子而得不到治療，終於含恨而亡。

〈懷念蕭珊〉一文的最大成就在於作者以樸實無華的筆調，寫大難來時，這一對知識分子夫妻生死與共的患難眞情，讓人不自覺地要去尋找災難的原因，而對災難的製造者發出撻伐的要求❼。

(三)白樺的〈苦戀〉❽：

---

❻ 同❺。

❼ 吳豐興，〈「傷痕文學」的作者及其作品之分析〉，載於吳豐興著，《文革後中國大陸傷痕文學初探》（臺北，國立政治大學東亞研究所碩士論文，民國六十九年六月），頁九二。

❽ 〈苦戀〉原刊於一九七九年第三期的《十月》雜誌上，初名「路在他的腳下伸延」。改編成劇本後，先名「太陽與人」，後改名「苦戀」。這裏根據陳若曦，〈文藝下馬——中國大陸的新「文藝整風」〉，《中國時報》，人間副刊（臺北，民國七〇年五月二十四日），第八版。

白樺原名陳佑華，河南信陽人。五〇年代開始寫作，思想已明顯左傾。五七年被打成「右派分子」，「文革」期間再度被鬪。「四人幫」垮臺以後，復出寫作，作品以劇本爲主❾。〈苦戀〉的原稿是長篇電影詩，後來白樺和彭寧合作，將它改編爲劇本，刻劃的是旅美畫家凌晨光回歸祖國，「文革」期間被凌虐至死的故事。

凌晨光是一個成功的畫家，在美洲畫壇薄有聲名。中國大陸被「解放」以後，他基於愛國主義，毅然放棄了國外舒適的生活，回歸祖國。「文革」一起，凌晨光一家被掃地出門，搬到牛棚的小屋裏。一九七六年的清明節，凌晨光在天安門廣場上張貼「屈原天問」的巨畫，被中共拍了照，在惟恐被捕的恐懼心理下，凌晨光迫得離家逃亡，最後凍餒雪地中。

在〈苦戀〉裏，白樺透過凌晨光的口，對「四人幫」對知識分子加諸的歧視，乃至迫害，給以這樣憤慨的抗議：

旣然是同志、戰友、同胞，
何必要給我設下圈套？
旣然你準備從我背後揷刀，
又何必把我擁抱？

---

❾ 黃南翔，〈白樺和他的文學活動〉，《明報》（香港，一九八一年七月二十五日），第十六版。

你們在我們嘴上貼滿了封條，
我們在自己的腦袋上掛滿了問號！
啊！眞正的同志！戰友！同胞！
爲什麼不能像星星那樣互相照耀！

「苦戀」因爲指責中共傷害了人的尊嚴，抹殺了人的價值，白樺卽因此而被中共點名批判，造成有名的「白樺事件」。連帶地，還引發了一連串中共對文藝界的整風[10]。

踐踏人格是歧視知識分子的左傾政策的主要措施之一。知識分子在這種踐踏面前，因其經歷、環境以及個人氣質等主客觀條件的差異，反應自是不同。作家、藝術家獨具的敏銳、多感的心靈使得他們忍不住要對極左統治的虛僞、惡毒本質提出質疑，對它對人所加諸的侮辱、戕害發出怨悱之聲，而將他們「文革」期間的悲劇性遭遇一一透露出來。

三　知識分子的「懺悔者」形象

[10] 一九八一年四月十七日大陸《解放軍報》的社論中指出：除白樺外，還有劉賓雁、王若望、王蒙、李淮、沙葉新、高曉聲人等也寫作揭露黑暗面的作品，要予以淸算和批判。緊接著大陸《人民日報》、《解放日報》、《光明日報》等也陸續刋出批判這些作家作品的專文。

知識分子在當前大陸文學作品裏，除以「受難者」的形象出現外，他們還蛻變出另一幅更可悲可憐的「懺悔者」的面貌，出現在王蒙和張賢亮的小說裏。他們小說主角的知識分子倪吾誠、章永璘都悲苦地皺著眉頭，虔誠地弓著身子，口中喃喃自語不斷，心中似有排解不了的負罪感。他們這種自卑、自責、自嘲、自艾的心態實在掩蓋著深層的文化心理結構[11]。

(一)王蒙的〈活動變人形〉[12]：

王蒙是大陸當前最出名的作家之一，也是前任的「文化部長」。一九三四年生，河北南皮縣人。一九五七年發表短篇小說〈組織部來的年輕人〉名震一時。「文革」結束後重拾文筆，相繼發表了〈悠悠寸草心〉、〈布禮〉、〈蝴蝶〉等多篇小說，獲多次文學獎。〈活動變人形〉是其最新作品[13]。

〈活動變人形〉反映的是在東、西文化大交匯、大衝撞的時代背景裏，大陸老一代知識分子如何地在進行自我省思、自我懺悔的悲劇。

小說主角倪吾誠於辛亥革命爆發前三個月出生在河北鄉下的一個地主家庭裏。也許是遺傳了

---

[11] 屈選，〈知識分子的文化心態——近期小說中知識分子形象的分析〉，《當代文藝思潮》（蘭州，一九八六年六月），頁二四—三二。

[12] 王蒙，〈活動變人形〉，《收穫》月刊（上海，一九八五年五月），頁二一三—三五六。

[13] 有關王蒙的生平資料，收入《中國文學家辭典》現代第二分冊，北京語言學院中國文學家辭典編委會編（四川，人民出版社，一九八二年三月），頁八八。

他早年參加過「變法維新」的祖父的因子，他對於中國傳統文化有著與生俱來的厭惡和反感。長大後，出國留學。回來後，他愈發地痛恨中國的貧窮落後，而強烈地嚮往西方文明。在他看來，不管什麼樣的領袖，中國必須歐化，只有歐化才有出路，或有人生。」⓮然而，倪吾誠卻又始終擺脫不了傳統文化的束縛，隨時都感到縛手縛腳、苦悶、徬徨。王蒙這樣描繪傳統文化像夢魘般盤踞倪吾誠心頭的情形：

> 我怎能把這裏忘記了呢？這兒有我向陽的房間，太陽光隔窗照亮了陳舊、寒傖的陳設，室內瀰漫着一種烤紅薯的麥芽糖與酒混合的香味，這就是我的童年，我的氣味。這就是我的命、我的魂，我自己啊！還有我的床，我的炕……而我怎麼會忘記回來安息？而我怎麼會離別了他們這麼久⓯？

王蒙正是藉著刻劃倪吾誠這個人物，來揭示二、三十年代的知識分子所熱衷的西方文明，在中國現實面前的無力與無效，它們的變形與變態。

大陸異幟以後，中共對於知識分子實行了「團結、教育、改造」的政策，等於從根本上否定了知識分子在當代社會中作為一個相對獨立的社會階層的存在。知識分子在中共統治下，從此長期過著負疚、悔罪的苦難生涯。〈活動變人形〉裏的倪吾誠面對「文革」小將時，這樣眞誠地批

⓮ 同⓬，頁二二四。

⓯ 同⓬，頁二六八。

判自己：

> 我也是「四舊」，我身上浸透了「四舊」的東西，陷入「四舊」，爲之痛不欲生卻又不能自拔。「四舊」害死人！「四舊」使中國變「修」、變色，亡國滅種的危險之中！如果破「四舊」時需要把我破除或者肉體消滅，我舉雙手贊成！⑯

中共「反右」以來的極左政治對於知識分子的改造毋乃是相當「成功」的，它使倪吾誠這樣的知識分子完全向其認同，使他們惶恐地以爲是自己妨礙了共產社會的進步、發展，而深自慚愧、懺悔，將自身的價值完全否決掉。

㈡張賢亮的〈綠化樹〉⑰：

張賢亮是江蘇人，一九三六年生於南京。自幼就表現出文學方面的才華和興趣。五〇年代被劃爲「右派分子」，中止寫作。「文革」結束後重拾文筆，陸續寫出〈綠化樹〉、〈靈與肉〉、〈肖爾布拉克〉以及〈男人的一半是女人〉等一系列以知識分子在「文革」期間的命運爲主題的小說⑱。

---

⑯ 同⑫，頁二八七。

⑰ 張賢亮，〈綠化樹〉，原刊於大陸刊物上，本地新地出版社予以整理出版（臺北，新地出版社，民國七十六年三月），第一版。

⑱ 立文，〈張賢亮和牧馬人〉，《鏡報》月刊（香港，一九八二年十二月），頁六〇。

〈綠化樹〉這篇小說可以簡單概括為知識分子章永璘如何在「反右」、「文革」期間，在農村接受貧下中農再教育，並與塞外女子馬纓花產生愛情而終未結合的故事。然而，深一層看，它的深沉涵義則在於它是大陸知識分子自我意識尚未形成就隨卽淪喪的眞實寫照。

張賢亮在小說中這樣交待章永璘的身世：「教育我的高老爺式的祖父和古蕤甫式的伯父，父親在我偶爾跑到佣人的下房裏玩耍時，就會叱責我：『你總愛跟這些粗人在一起。』」⑲中共卻用極左政治思想的邏輯批判，更重要的，還用現實的否定來教導章永璘，要這個資產階級少爺認識並眞心地接受下面這項「眞理」：那就是他是「資產階級文化」與「封建文化」的產物，文化和階級必得一齊被摧毀不可。在張賢亮的小說中，被「改造」後的章永璘的精神狀態變為：「我所屬的階級覆滅了，我不下地獄，誰下地獄？」⑳「自慚形穢了。輕蔑，我已忍受慣了，已經感覺不出別人對我的輕蔑了。」㉑「我必須跟在一個管我的、領我的人後面。」㉒在章永璘身上，我們看到了他那被「懺悔」掩蓋著的更為深層的文化心理結構，那卽是西方基督教文化與中國傳統文化、共產主義理論與俄羅斯文學，以及極左政治的混同與雜揉㉓。這種意底牢結使他痛

---

⑲同⑫，頁六五—六六。
⑳同⑫，頁四〇。
㉑同⑫，頁三。
㉒同⑫，頁一九。
㉓同⑪。

苦異常，內心始終交織著電閃雷鳴。可悲的是，這竟然是大陸中年一代知識分子相當典型的文化心態。

章永璘，倪吾誠對於這種臆造和強加的罪惡認同而自感懺悔，其結果勢必放棄對於自身價值的認識，對於知識分子社會職能的思考。他們的審判同輩、審判自我本身其實卽是一種「懺悔」這才是眞正意義上的懺悔，他們正是在大陸中、老年知識分子的淪喪過程裏找到了同輩和自我人性上的弱點㉔。

四　女性知識分子的形象

在大陸當前一些廣被討論、反響熱烈的小說裏，還出現一類令人矚目的女性知識分子形象。其中具代表性的有陸文婷〈人到中年〉、梅菩提〈三生石〉等等。她們的生活遭遇以及愛情婚姻狀況，是探討大陸女性知識分子這三十年命運的重要素材。

㈠諶容的〈人到中年〉㉕：

㉔ 同⑪。

㉕ 諶容，〈人到中年〉，原刊於一九八〇年第一期的《收穫》雜誌上；轉引自中國當代文學作品選評編輯委員會編，《中國當代文學作品選評》（下）（河北，人民出版社，一九八四年十月），頁六七－一五六。

諶容，一九三六年生。早年即開始創作。粉碎「四人幫」以後，大量作品陸續問世。從題材上看，她的小說作品大體上可分爲兩類，即反映農村生活的和非農村生活的。非農村題材的小說作品中，則以反映知識分子的生活爲主。其中〈人到中年〉曾在大陸廣大羣眾間引起強烈反響，獲得第一屆「全國優秀中篇小說」一等獎第一名㉖。〈人到中年〉描寫的是中年女醫生陸文婷如何在「超負荷運轉」中心肌梗塞，幾乎命喪黃泉的悲劇。

陸文婷少年際遇坎坷，五〇年代進了醫學院後，專心鑽研醫學知識，心甘情願接受修道院一般的嚴苛要求，二十四小時留駐醫院，四年之內不結婚。諶容這樣描寫陸文婷的堅強刻苦、犧牲奉獻：「她總是用瘦削的雙肩，默默地承受各種突然襲擊和經常的折磨，沒有怨言，沒有怯弱，也沒有氣餒。」㉗但在陸文婷離開學校之後的那一段歷史時期，她的克盡厥職不但並未獲得任何的稱道與褒揚，反而被扣上「修正主義苗子」、「白專道路」一類的政治帽子。她的同事姜亞芬忍不住要發出這樣的不平之鳴：「爲什麼那些不學無術的『沙子』神氣地占領醫療衛生陣地，而醫術精良的醫生卻被點名批判？」㉘「爲什麼剛有一點鑽研業務的積極性，就要打下去？」㉙

㉖ 同㉕，「作者簡介」，頁一五六。
㉗ 同㉕，頁一二〇。
㉘ 同㉕，頁一〇六。
㉙ 同㉕，頁一〇七。

後來，陸文婷結婚了，也作了母親，她一身三任——醫生、妻子、母親，扮演起出色的醫生和不稱職的妻子、母親的角色——烹調蒸煮、縫紉洗滌都落在丈夫身上，上小學的兒子圓圓渴望買一雙球鞋，小女兒佳佳希望頭上紮起一隻小辮，這些最起碼、最合理的要求和嚮往，她作母親的都無能力和無暇滿足他們。陸文婷陷入了家庭和事業無法兼顧的矛盾和痛苦之中，造成她體力的衰竭和心靈的損傷，終於不支地倒下了。

她發病以後，急需送醫急救，遇到的卻是一連串的冷遇、推脫。叫出租汽車，電話上的回答是「現在沒有車」，要送病人，「那也要等半個鐘頭」；給醫院打電話，也是推三阻四，遲遲不肯派車，最後還是在院長的幫助下，陸文婷才得以住院治療，撿回一條性命。

構成困擾陸文婷這一類中年知識分子的情勢的因素究竟是些什麼呢？由諶容對陸文婷遭遇的描寫看來，不外乎三方面：根生蒂固的傳統觀念和習慣勢力對讀書人的鄙薄和蔑視，此其一；十年浩刼的流毒和影響從鄙薄、蔑視知識分子更發展爲對知識分子的惡意的偏見，「臭老九」的帽子堪稱總其大成，此其二；「文革」結束後依舊猖獗的官僚主義和不正之風所造成的對知識分子景況的漠不關心，此其三。〈人到中年〉不僅反映了當代中國知識分子的命運和各種社會矛盾，僅就陸文婷因過分勞累而猝然倒下這個事情本身，即可看到大陸當代女性知識分子所普遍面臨的家庭和事業的尖銳矛盾。

㈡宗璞的〈三生石〉：[30]

宗璞原名馮宗璞，是哲學家馮友蘭之女。一九二八年生。一九五一年畢業於清華大學外文系。五〇年代開始寫作。一九七九年重新提筆，作品有〈三生石〉、〈弦上的夢〉、〈心祭〉等。她筆下的小說主角都是有較高文化素養的女性知識分子，寫她們隨時代飄流的命運，寫她們眞摯的追求、失落與獲得的歡欣[31]。

〈三生石〉是一部描寫災難和痛苦的作品。它在深沉而浩大的憂患背景上，寫了梅菩提、方知、陶慧韵幾個文弱知識分子，如何在災難接踵，幾乎陷於絕境的環境裏，獲得人生的堅信並戰勝命運的挑戰。

宗璞交待梅菩提的身世爲一個大學文科講師，「反動學術權威」之女，這似乎就是宗璞本人的化身。梅菩提的父親被批鬥至死，她本人只因爲寫了一本頌贊眞摯愛情的小說〈三生石〉，卽被扣上牛鬼蛇神的罪名。得了癌症住院開刀之際，紅衛兵還到醫院去鬥她，貼她的大字報，砸毀她的用具。父母雙亡的梅菩提在病前、病中與她相濡以沫、相呴以濕的唯有一位外文系女講師陶慧韵。這一對患難之交「菩提和慧韵作鄰居不久，便常暗自慶幸，在那殘酷的、橫卷著刀劍般的

[30] 宗璞，〈三生石〉，原刊於一九八〇年第三期的《十月》雜誌上；轉引自《文藝報》編輯部編，《全國獲獎中篇小說集》（下）（一九七七—八〇）（上海，文藝出版社，一九八一年十一月），頁一一二四—一二七六。

[31] 同[30]，「作者小傳」，頁一二七七。

世界上，她們只要能回『家』，就能找到一塊綠洲，滋養一下她們那傷痕累累的心。」㉜陶慧韵在梅菩提病榻旁不眠不休地照顧，表現出眞誠、感人的友情，菩提後來也以同等的關愛、照拂來回報慧韵。宗璞在這兒深刻地刻劃了女性的善良、堅忍和犧牲等道德力量。

〈三生石〉還寫了菩提和方知在苦難中的眞摯的愛情。方知原是爲菩提開刀的醫生，受到菩提特殊氣質的吸引，後來到她住處去探望她。「方知從未想到，在這破舊小院裏，和這兩個早已失去青春的女子在一起，會感到這樣寧靜、滿足。」㉝「菩提正沉浸在久已疏闊的自然景色中，方知在身邊給她平安、幸福的感覺。」㉞兩人的情愫於是日益滋長。靠著方知的愛，使菩提這個飄零人世的孤女獲得了生活的勇氣和力量。同樣地，方知由於也得到菩提的愛情的撫慰，即使後來身陷囹圄之中，也感到與人世的聯繫如此親密而堅韌。從對方知與菩提的眞誠感情的描寫裏，宗璞發出對那個獸性年代踐踏和汚辱知識分子人格的憤激的抗議，也包含了對業已失落的人世間的溫暖的尋覓㉟。

宗璞也寫到梅菩提、陶慧韵、方知幾個文弱知識分子如何從梅、蘭、竹、石等中國哲學和藝

㉜同㉚，頁一一四一。

㉝同㉚，頁一二〇三。

㉞同㉚，頁一二一七。

㉟陳素琰，〈論宗璞〉，《文學評論》月刊（北京，一九八四年六月），頁五八。

術所追求的人格象徵中，吸取氣骨和志節的砥礪，甚至從老莊和禪宗哲理中尋覓解脫困阨的津渡。他們的超脫和徹悟，相信無所求也就無所失的自我超脫，顯示了出世和虛無的心態，但也透露了中國傳統知識分子「威武不能屈」的傲岸和堅毅[36]。宗璞出生的門第世代書香，父親、姑媽都是碩學鴻儒。因此，她筆下人物身上都流洩了中國傳統哲學、文化、藝術的深遠的、潛在的影響。

與諶容的〈人到中年〉相較，雖然二者刻劃的都是女性知識分子不同層次的人生探求，但〈人到中年〉逼近現實生活，較具社會寫實的問題小說的性質，而宗璞的〈三生石〉則在女性知識分子的精神層次上進行探索。宗璞筆下獨具的女性知識分子的玉潔冰清的理想境界，較不具與惡劣環境抗爭的力量，是她小說的一個極其明顯的傾向。

五　結　論

(一)粉碎「四人幫」伊始，鄧小平卽曾明言：中國要二十多年之內實現「四個現代化」，一定要發揚科學技術工作者的革命積極性，對知識分子除了給予精神上的鼓勵外，還要採取一些措

[36] 同[35]，頁五六。

施，包括改善他們的待遇[37]。陳雲一九八二年針對中年知識分子收入低，很多人健康情況惡化的狀況也指出，生產、科研、教育、管理部門的知識分子，是任何一個工業化國家最寶貴的財富[38]。基於發展「四化」的功利需要，中共於焉對知識分子採取了這樣天淵之別的看法。「文革」期間知識分子被凌遲、踐踏的「賤民」待遇當然不復再見。這十年來，中共在落實知識分子政策、提高知識分子經濟待遇，貫徹按勞工分配原則各方面，是作了一些工作，但成效並不彰著。大多數教育、科研、衛生和管理部門，由於不能像直接從事生產和流通的部門那樣，消化物價上漲的因素，從而引發了諸多令人憂慮的後果：相當數量的知識分子收支拮据，生活艱難，健康情況不佳，科技精英死亡率高，大批中小學教師辭職另謀出路，研究生、大學生退學已屢見不鮮，中小學生輟學數量可觀，厭學風氣在迅速蔓延，讀書無用論有故態復萌之勢[39]。這種種狀況的繼續，不僅僅影響中國大陸經濟發展的後勁，而且勢必危及大陸近期的經濟發展。

除對經濟生活略以照顧外，中共對於知識分子思想意識的箝制，仍然無日稍懈。七九年以來仍然先後發生了四次批判知識分子的運動——八一年批判白樺的〈苦戀〉；八三年的「清除精神

---

[37] 鄧小平，〈尊重知識，尊重人才〉，中共中央文獻編輯委員會重編，《鄧小平文選》（一九七五—八二）（人民出版社，一九八三年三月），頁三七。

[38] 轉引自龐元正，〈生產力標準與腦體倒掛問題〉，《光明日報》（一九八八年十月二十七日），第三版。

[39] 同[38]。

污染運動」，八七年的「反對資產階級自由化」運動，及八九年的「天安門事件」更是知識分子的夢魘。放眼未來，中共這種反對知識分子的歷史傾向不會徹底逆轉。

㈡近代中國固然有一類特立獨行的知識分子，他們懷抱著強烈的社會責任感和道德義務感，具備蔑視任何外在權威的自主意識和孤軍作戰的鬪爭韌性；但同時也有另外一些具依附人格的知識分子，他們依傍外在的精神權威，在眞理的認同上不具獨立的價值判斷能力。這種知識分子的依附人格不啻強化了中共對知識分子的壓制摧殘機制。大陸知識分子的「懺悔者」形象就是這樣產生的。〈綠化樹〉裏的章永璘和〈活動變人形〉裏的倪吾誠，正是由於自主意識的薄弱，一旦中共用極左邏輯，更重要的用現實否定對他們強行加諸一種臆造的罪惡感時，他們的自我於是崩潰了，徹頭徹底地放棄了對自身價值的肯定。方勵之期勉中國的知識分子把屈著的腰挺起來，肩負起歷史創造者的主導地位。他相信中國社會能否邁向現代化，民主化，在很大程度上取決於中國這一代知識分子自身改造進行得如何[40]，這正是要求知識分子重建獨 立人格的強烈呼籲。

㈢在過去四十年裏，大陸女性知識分子和男性知識分子一樣在相同的政治、文化氛圍裏生活著，共同承受著獨特的中國社會傾瀉在她們身上的風風雨雨。在一段相當長的時期裏，大陸女性

[40]《明報》（香港，一九八七年一月十六日）。

知識分子和男性知識分子一樣背負著沉重的精神上的十字架，跋涉在生活的泥濘中。於是，大陸這一代女作家的作品，也和男作家的一樣，主要在反映「左」的政治對人的尊嚴的踐踏、對人的個性的禁錮及對人的思想的束縛，而非僅僅著眼於女性生活範疇的審視❹❶。諶容的〈人到中年〉和宗璞的〈三生石〉正是這種情形。這兩篇作品主要在反映大陸當代知識分子的命運和各種社會矛盾，但它也寫了傳統文化和民族心理在陸文婷、梅菩提兩位女性知識分子身上的刻痕與投影。兩篇著意刻劃了兩位女主角病中的心理感受和情緒變化，極其細膩、深摯、柔和，這些，都表現出鮮明的女性特點。

〈人到中年〉裏陸文婷與她丈夫傅家杰的戀愛與結合，〈三生石〉裏梅菩提與方知的惺惺相惜，完全是以精神交流和暗合的形式呈現，而愛欲的需求則被壓抑在靈魂的最底層，達到一種較高意義上的心靈交融。這種選擇對象偏重找尋自我、發展自我的情操，乃是女性知識分子的愛情觀❹❷。在窘困的物質條件與凶惡的政治運動中，這兩對知識分子伴侶那種「相濡以沫」的摯愛，毋乃是他們得以苟延殘喘、度過刼難的最主要支撐力量。

---

❹❶ 陳志紅，〈走向廣闊的人生——對新時期「女性文學」的再思考〉，《文藝理論家》（南昌，一九八七年二月），頁一三—一四。

❹❷ 管寧，〈新時期文學中的兩種女性美〉，《福建論壇》，文史哲版（福州，一九八六年三月），頁二三。

劉賓雁生平、作品及其思想之評述

■劉賓雁以一個記者的身份，毅然擔起「人民檢查官」的職務，於焉成了人民心目中的「劉青天」和「寃情大使」。

■言論自由，不可能是賢明的國王或者度量大的宰相，突然有一天施捨，而必須是人民自己去爭取。

一 前言

當代大陸作家中聲譽最隆、謗亦隨之的劉賓雁，繼王若望、方勵之之後，也於八七年一月二十四日，遭到了被開除黨籍的嚴厲處分❶，成了中共這場「清除資產階級自由化」鬪爭的另一個獻祭。《光明日報》爲劉賓雁開除黨籍而發表的評論員文章指出：開除劉賓雁的黨籍，完全不是首先拿文藝界開刀，而是要去掉文藝界的「癌種」，割掉這塊「癌種」，才能增進文藝界肌體的健康，使文藝沿著社會主義的方向，得到眞正的繁榮❷。將劉賓雁侮蔑爲文藝界的「癌種」，中共對其痛恨之深，由此可見。

劉賓雁是入黨四十餘年的老作家，一九五七年，因寫作〈在橋樑工地上〉及〈本報內部消息〉兩篇報告文學作品，被打成右派。自此，在大陸文壇沉寂達二十二年之久。一九七九年復出後，繼續寫作報告文學，側重揭露「四人幫」罪惡、文革流毒，「三種人」繼續作惡，以及黨風不正、幹部以權謀私等❸惡行。招致了來自地方黨委或黨中央的嚴厲指責或控訴；但卻同時贏得

❶《人民日報》，一九八七年一月二十五日，第一版。

❷本報評論員，〈王若望、劉賓雁被開除黨籍說明了什麼〉，《光明日報》，一九八七年一月二十六日，第一版。

❸劉賓雁，〈自我檢查〉，轉引自古軍編《劉賓雁傳奇》（臺北，時英出版社，民國七六年三月），頁一二。

來自廣大老百姓的熱烈支持與擁戴：六年間共收到四萬餘封讀者的來函❹；每天數以十計的「冤情書」擁向他的家中；親自登門訴冤的也絡繹不絕。劉賓雁為此忙得食不知味，席不暇暖❺。在中共箝制言論自由，法制觀念、制度又徒具形式的神州大陸，劉賓雁以一個記者的身份，毅然擔起「人民檢查官」的職務，於焉成了人民心目中的「劉青天」❻和「冤情大使」❼。

一九八五年年初，劉賓雁先後發表了〈第二種忠誠〉與〈我的日記〉兩件作品，更引發軒然大波：〈第二種忠誠〉的官司迄今未了❽；〈我的日記〉更被迫停載❾；中共領導階層還對劉賓

---

❹同❸，頁二一。

❺樊之谷，〈在惡勢力的漩渦中——報告文學作家劉賓雁訪問記〉，香港《動向》月刊，一九八七年一月，頁四〇。

❻同❺。

❼李怡，〈是非與忠誠〉，轉引自古軍編《劉賓雁傳奇》，頁二九五。

❽〈第二種忠誠〉一文的是非曲直，詳情見倪育賢，〈為「第二種忠誠」辯誣〉一文，香港《百姓半月刊》，一九八七年二月十六日、三月三日、三月十六日三期，頁數分別為頁二二—二五、頁二六—二八及頁三〇—三一。大概情形是，〈第二種忠誠〉主角之一倪育賢所屬的上海海運學院曾力圖阻撓此文發表，後又多次寫信指控文章「失實」。主要是否認倪育賢所做的一切好事，同時把「文革」期間潑在他身上的汚泥濁水全部保存下來。為此，他們派人外調，取得一批證言，以此斷定倪在一九六二年並未上書毛主席，建議改變農村政策，一九七五年也從未著文批判張春橋的文章〈論對資產階級的全面專政〉。劉賓雁和兩位青年於八五年四月間，還赴滬進行二十天調查，證實了報導屬實。倪育賢八六年元月來美，在中華人權協會與《中國之春》月刊社合辦的座談會上，也證實了〈第二種忠誠〉的報導屬實。詳情見倪育賢，〈「第二種忠誠」的震盪——劉賓雁受壓內幕〉，美國《中國之春》月刊，一九八六年四月，頁二三—二九。這次劉賓雁被開除黨籍後，《光明日報》一月三十日第一、二版上又刊出上

雁施加壓力，強迫他作「自我檢查」⑩。劉賓雁灰心喪志之餘，曾公開宣佈要退出文壇⑪。後來，「國務院」副總理萬里在一項公開的會議上談到：「劉賓雁的報告文學〈第二種忠誠〉寫得不錯，沒有問題，在當前改革的形勢下，我們黨需要〈第二種忠誠〉。」⑫算是中共領導階層第一次爲劉賓雁及其報告文學作品作了平反。一時之間，劉賓雁似乎得到了肯定。孰料，好景不長，短短不到半年裏，神州風雲變幻，劉賓雁一下子又被由雲端摔到地下，這回他眞的要說：「豈祇是失望，簡直是絕望了。」⑬

劉賓雁在〈第二種忠誠〉一文裏曾感慨系之地將中共黨內歸結爲兩種忠誠：一種是雷鋒式的忠誠，集中表現爲「勤勤懇懇、任勞任怨、從無異議」（第一種忠誠）；另一種忠誠則要付出從自由、幸福直至生命這樣昂貴的代價（第二種忠誠）⑭。文中，主角陳世忠、倪育賢是後者，劉賓

海海運學院黨委書記陳浩指摘劉賓雁〈第二種忠誠〉、〈我的日記〉和〈未完成的埋葬〉三文失實的文章，所以說官司迄今未了。

⑨ 王緒，〈劉賓雁答本刊記者問〉，香港《鏡報》月刊，一九八六年一月，頁四七。

⑩ 同❸，頁一一—一二七。

⑪ 呂月，〈劉賓雁宣佈退出文壇〉，香港《鏡報》月刊，一九八五年九月，頁六。

⑫ 轉引自香港《明報》，一九八六年十一月五日，第五版。

⑬ 同⑪，頁八。

⑭ 〈第二種忠誠〉一文初見於一九八五年三月號的《開拓》雜誌上，不久中共即令該刊暫緩發行。本文是引自《劉賓雁作品精選》（香港，文學研究社），頁三七〇—三七一。

雁本人又何嘗不是呢？劉賓雁自己的「第二種忠誠」於是也要像他作品中人物一樣，遭到厄運了。

二　密密麻麻的掌紋，波波折折的一生

劉賓雁原籍山東臨沂。七十多年前，軍閥混戰，加以旱澇災荒，逼得當地老百姓四處去逃荒。劉賓雁的祖父母於是也携著子女，和一隻筐籠即可裝完的家當，跟著流民潮到關東去闖關。這一家人輾轉流徙，最後在哈爾濱落了戶。一九二五年的元宵節，這個家族裏添了一個新生命——那便是劉賓雁。父親曾在俄國當過貨工，回國後，在中東鐵路局裏當口譯，一家人胼手胝足地過日子。甫三歲，望子成龍的父親即把劉賓雁關在家裏學識字、唸《論語》、背《孝經》，一心一意要把他教養成個神童；又督促他學俄語，將來好到俄國去謀發展。可是，兒子卻說「不！」爺爺、爸爸都是命運的奴隸，是生活的失敗者，這一個闖關者的後代，已然下定決心要開拓一種新生活。

當時哈爾濱乃至整個東北，都已淪爲日、俄勢力的角力場，華洋人士雜遝，本土、日本、俄羅斯三種文化於焉在此薈萃溶合，形成一個饒具異國風味的大都會。加以當時在此主政的張學良又採行比較開放、自由的政策，這個北國之都——哈爾濱的居民遂比內地老百姓來得開放，前進得多。沐浴在這種開朗、自由的氛圍裏，少年劉賓雁被薰染得自小熱愛自由，也熱愛知識，更涵

泳出一股藝術家的浪漫氣質：常常耽於幻想，喜好畫畫、唱歌，也嘗試著寫點短文，投寄報刊，編織著一個飄忽、繽紛的藝術家的美夢。

民國二十年，東北淪陷。次年，日本由蘇聯手中強行收購了中東鐵路，父親在鐵路局裏的俄語口譯工作於是被裁撤了。從此，家境一天壞似一天，甚至逼得劉賓雁數度輟學。國亡家貧的嚴酷現實催得這孩子提早成熟，強烈的國家民族意識及對貧富懸殊的不平情緒，自此取代了他早年的浪漫、瀟灑的人生觀。劉賓雁在「自傳」裏曾說過：「當我的臉上沒有出現一道皺紋時，我的手掌就預告我的一生將是充滿憂患了。至今，我還沒見過一個人的手掌像我這樣佈滿了密密麻麻、縱橫交錯的紋路。」⑮中學以後，劉賓雁一生的坎坷際遇就開始了。

在中學裏，劉賓雁對數學、理化毫無興趣，生物課也因老師的講法不佳，而意興索然，唯一鍾情的仍是文學，但閱讀的內容有了轉變，開始欣賞內容比較複雜、思想不那麼淺顯的內容。除文學外，對政治和社會，劉賓雁也開始關注、了解。高一那年，家裏窮得再也支撐不了，失了學的劉賓雁就此離開校門，投向他幻想中的「救國救民」的中國共產黨。

劉賓雁由哈爾濱跑到北平，又由北平到了天津，一九四三年正式加入共產黨，被組織派在「抗日救國會」裏工作。表面上，當個小學教員、銀行職員以掩護身份。抗戰勝利後，劉賓雁折返

---

⑮ 劉賓雁，《我的自傳》，收入劉賓雁，《論文學與生活·附錄》，人民文學出版社。引自香港《九十年代》月刊，第二〇一期，一九八六年十月，頁八一。

哈爾濱，參加了東北的「土地改革」運動。一九四八—五〇年，在瀋陽的中學裏教書，並從事幹部訓練和共青團工作。工作之暇，劉賓雁對蘇聯文學廣泛地涉獵，先後翻譯了〈眞理的故事〉、〈紅領巾〉、〈小雪花〉、〈在西伯利亞〉等俄文劇本。此外，他還大量閱讀哲學和政治經濟學方面的書籍，這就決定了他日後的生活道路——將目光凝聚在社會問題上。

一九五〇年年底，劉賓雁參加了一個大型的青年訪俄團，隨隊當翻譯。旅途中，與同隊的朱洪相識、相知。朱洪出身江南名門，畢業於燕京大學西語系。她相當欽慕劉賓雁的豪邁與才氣，兩人很快地結了婚，育有一子一女。

一九五一年，劉賓雁被調回北平，歷任《中國青年報》學習修養部、採訪部，和工商部主編、編委會委員等職務。至反右前，劉賓雁已是行政十三級的新聞工作者，經常奉派赴各地去採訪。

一九五五年，劉賓雁由親身經驗，痛感到當時新聞的路子太窄，於是寫了一篇題爲〈記者這一行〉的長文，呼籲新聞報導要有所突破，應該給記者以更多的機會來推動社會改革。這篇文章得罪了報社同仁。於是，有人以左手模仿他的筆跡，寫了封信攻擊黨中央。他因此被懷疑了四個月，後來，經過審查，才還了他淸白。

一九五六年年初，幾乎是作爲那場反革命寃情的補償，上級派劉賓雁爲代表團的一員兼翻譯，到波蘭去訪問。

當時社會主義世界正面臨著一場巨大的變化：赫魯雪夫的秘密報告已發表了；伴隨著清除個人迷信，「斯大林事件」正在進行中。年輕的劉賓雁雖然無法恰當而準確地爲這一事件作出結論，但是，敏感的青年報記者，卻已深刻體驗到官僚主義、個人迷信、僵化思想確在危害著社會主義事業。

當年，中共開展「鳴放運動」，劉賓雁熱烈響應，先後發表了〈在橋樑工地上〉與〈本報內部消息〉兩篇報導文學作品，對中共黨內的保守主義與官僚主義痛予撻伐。獲得了一致的喝采與讚揚，奠下了他在大陸文壇的地位。

這年年底，劉賓雁趁赴上海採訪罷工事件之便，寫成〈上海在沉思中〉一文，批判了上海市委第一書記柯慶施。這三篇文章後來成了他被打成右派的直接證據。

在七月八日《青年中國報》報社全體工作人員大會上，劉賓雁被宣佈爲報社裏的頭一名右派。次年，被下放到山西平順縣去勞改。

劉賓雁倒眞是抱著一種脫胎換骨的心情下去的。在農村裏，他什麼活兒都幹，放牛、種田、燒窰、挖地，甚至眞像一頭牛一樣，站在車轅裏，從幾十里外的郊區到城裏去拉糞，一步一步地！丈量著人生的艱難。日子是夠辛苦了，果腹的卻只有棒子麵硬餅配酸鹹菜！唯一給他慰藉的是當地的老百姓。他們怕劉賓雁營養不良，幹不了活，自己吃餃子皮，卻把餃子餡兒省給他吃。劉賓雁日後回顧這段改造生涯時，並不訴苦，也不喊冤，反而慶幸地說：「打成右派以後，我才有機會了解老百姓，才能從他們的立場看問題。我要是不被打成右派，繼續寫文章，文革我一定被整死！要不然，極左派可能把我拉過去。文革初期，我是擁護文化大革命的。後來，才明白是怎麼回事。我被打成右派，還是幸運的。」⑯

一九六〇年下放到山東。目睹各地大煉鋼鐵，搞得民生凋敝，劉賓雁在給黨委寫信匯報思想時，直言大躍進挫傷了羣眾的積極性，這還了得！結果，反右傾，他仍然沒逃過去。

一九六一年年底，劉賓雁回到了北平。報社裏的同仁都摘了帽，獨獨他頭上的那頂帽子卻紋風不動，這一戴又是五年。這期間，除了偶而翻譯點俄文期刊上的文章外，劉賓雁被分配的祇是些資料剪貼、管理的工作。後來，終於摘掉了他的帽子。劉賓雁緊繃了八年之久的心絃這才稍稍鬆弛，另一場災難又等著他了。

這一年六月，文革開始，劉賓雁一九五八、五九、六〇年間寫的日記，又成了他反黨、反社會主義的罪證。八月裏，他重站在當年宣佈他為右派的同一間房子裏，再度被冠上了右派的帽子。六八年至七二年，關了四年半，七二年下放到河南的黃河盆地去蹲牛棚。

這期間，任何人都可以對他拍桌子、打板櫈、受人鼓動的孩子在他床上寫字，朝他蚊帳裏潑墨水……境遇儘管這麼惡劣，劉賓雁的生命之火並未熄滅。他白天幹完活，晚上在悶熱的牛棚

⑯ 聶華苓，〈劉賓雁，我的朋友〉，香港《九十年代》月刊，第二〇八期，一九八七年五月，頁一八。

裏，由普列漢諾夫依次《馬克思選集》、《列寧選集》、《資本論》和《哲學筆記》，一直地看下去。此外，他還把過去學過的英、俄、日語重新複習。這段期間，對哲學理論的深入學習，使劉賓雁對中共存在的問題看得更深刻。後來恢復自由後，就寫出了更強而有力針砭中共社會弊病的文章。

一九七六年，四人幫覆滅，劉賓雁獲得平反。七八年，劉賓雁被分配到社會科學院哲學研究所工作。七九年二月，黨中央正式爲劉賓雁摘帽，並且恢復了他的黨籍。劉賓雁欣喜之餘，重燃起對中共的希望之火。六月裏，他回到濶別二十餘年的第二故鄉——黑龍江省，作了二十多天的社會調查，卽寫成轟動中外的報告文學作品〈人妖之間〉，指斥封建、官僚主義勾結而造成的黨紀嚴重敗壞。這篇作品後來獲選爲全「國」優秀報告文學獎。劉賓雁這一年裏，還出席「全國文聯四大」，當選全「國」文聯委員，作協理事書記處「青年文學委員會」委員。這年年底，劉賓雁被調到《人民日報》，重新恢復記者生涯。

一九七〇年代末期，劉賓雁發表了下列具影響力的評論：〈「關於寫陰暗面」和「干預生活」〉、〈傾聽人民的聲音〉、〈文學、生活和政治〉、〈時代的召喚〉、〈人是目的，人是中心〉、〈認識和反映我們這個時代〉、〈眞實的矛盾是文學的生活〉⑰。

⑰ 這些評論文章，除〈人是目的，人是中心〉、〈時代的召喚〉、〈傾聽人民的聲音〉三篇外；資料均轉引自丁望：〈正視現實，爲民請命——劉賓雁心路歷程的「激流」〉，香港《潮流》月刊，第二期，一九八七年五月，頁四四。

劉賓雁擔任《人民日報》特約記者後，走訪各地、勤求民瘼，為民申寃。八〇年間，寫出〈在罪人的背後〉、〈事業呼喚著人——川行隨想〉、〈一個人和他的影子〉、〈畢竟無聲勝有聲〉四篇報告文學作品，寫極左勢力對農村及個人所造成的嚴重傷害。這一年裏，《劉賓雁報告文學集》、《劉賓雁報告文學選》相繼出版。

以後的幾年裏，劉賓雁陸續寫出〈艱難的起飛〉、〈路漫漫其修遠兮〉、〈好人啊！你不該這樣軟弱〉、〈他們在播種希望〉、〈千秋功罪〉、〈應是龍騰虎躍時〉、〈向命運挑戰〉、〈全憑這顆心〉、〈傅貴沉浮記〉、〈不僅是為了糧食〉、〈關東奇人傳〉、〈三十八年是與非〉〈古堡今昔〉、〈第二種忠誠〉等報告文學作品；還發表了〈主要危險還是左〉、〈三十年來的自由日益縮小〉等論文及〈我的日記〉。另外，出版了《艱難的起飛》，《劉賓雁論文學與生活》、《全憑這顆心》、《劉賓雁自選集》五本著作。

一九八二年九月，劉賓雁夫婦應愛荷華大學「國際寫作中心」的邀請，訪問美國四個月。訪美期間，他們除了四處參觀、演講外，還逛書店，和美國學者晤談，希圖在美國的經驗裏，為中共的現代化探索捷徑。回去後，劉賓雁即寫出〈美國：廣濶而狹小〉、〈初探美利堅〉、〈美國這個謎〉三篇作品，發抒訪美觀感。

一九八五年以來，劉賓雁即因所寫的一系列報告文學作品而受到巨大壓力，他因而數度有封筆之想，終還是奮力地寫下去。他八七年發表的作品為〈三十七層樓上的中國〉，鞭撻了打擊改革者和破壞改革事業的魑魅魍魎。他繼續寫作中的作品有二：一爲〈難忘的一九七九〉，記載他在一九七九年遇到、見到的事情；一爲〈未完成的葬禮〉，寫他四人幫垮臺以後，十年間遇到的事⑱。

劉賓雁被開除黨籍後，心情很沮喪。被調離《人民日報》，到作協作「專業作家」。他計畫一系列閱讀二十四史，再旁及哲學、文學書籍⑲。

三　寫陰暗面與干預生活：劉賓雁的文學觀

受蘇聯「干預生活」文學潮流的影響，劉賓雁基本上是寫實主義的信徒。他主張文學是生活

---

⑱有關劉賓雁的生平資料來源共有三處：㈠〈劉賓雁〉，收入《中國文學家辭典》現代第二分册，北京語言學院「中國文學家辭典」編委會編輯，四川人民出版社，一九八二年三月第一版，頁二一五；㈡胡平、張勝友，〈全憑這顆心——劉賓雁紀事〉，全文原載《文藝家的另一個世界》；轉引香港《爭鳴》月刊，一九八七年三、四、五月號，頁數分別爲頁七九—八一、頁六九—七三、頁七〇—七四；㈢劉賓雁，〈我的自白〉；雷抒雁，〈我所知道的劉賓雁〉；彥樺，〈劉賓雁的尋求和追索〉，以上三篇均轉引自古軍編《劉賓雁傳奇》，出版年月、地點請見❷。劉賓雁著作目錄則參考〈劉賓雁報告文學寫作年表〉，該表亦見於《劉賓雁傳奇》內，頁一。

⑲偉爾，〈劉賓雁至友談劉賓雁近況〉，香港《九十年代》月刊，第二〇八期，一九八七年五月，頁二二。

的鏡子，當反映出不如意、不美好的事物時，不應責怪鏡子，而應追究和消滅那些令人不快的事實[20]。一九五六年在為王蒙的〈組織部新來的青年人〉一文辯護之際，劉賓雁指出：社會主義文學不應粉飾生活，而應大膽地揭示生活中的的矛盾與衝突[21]。他的這種「寫眞實論」在文革期間被指為與毛澤東思想對立，因而迭受批鬪[22]。一九七九年復出後，劉賓雁不改文學反映社會現實的主張，大力強調文學決定於現實生活本身的狀況，不應是作家根據領導機關確立的中心工作或當前鬪爭對於宣傳的需要，把一些生活現象塡進現實的公式，用以圖解一項理論、政策或措施。這種作法，祇會產生蒼白無力的「遵命文學」[23]。劉賓雁在〈寫「陰暗面」與「干預生活」〉裏，無限慨歎地談到：「文學作品粉飾生活、說假話和報喜不報憂的情況愈來愈嚴重了！」[24]

在〈傾聽人民的聲音〉與〈時代的召喚〉兩文裏，劉賓雁也談到關心民生疾苦與描寫陰暗面問題。他指出：反映「陰暗面」，特別是官僚主義和對人性的摧殘，從而消除一些社會災難，在

[20] 劉賓雁，〈傾聽人民的聲音〉，《人民日報》，一九七九年十一月二十六日。
[21] 同[18](一)。
[22] 原載《文藝研究》雙月刊，一九八一年第五期。引自〈北京點名清算作家劉賓雁〉，香港《明報》，一九八一年十二月二十九日。
[23] 劉賓雁，〈文學、生活和政治〉，《十月》季刊，一九七九年十一月，第四期；轉引自〈劉賓雁座談社會、文學、經歷〉，香港《潮流》月刊，一九八七年五月，第五期，頁三四。
[24] 劉賓雁，〈關於「寫陰暗面」和「干預生活」〉，《上海文學》月刊，一九七九年第三期；轉引出處同[23]。

他看來，便是「干預生活」，便是作家不可旁貸的社會使命㉕。

鑒於長期的階級鬪爭否定了人性，製造了人與人之間的仇恨和猜忌，劉賓雁於是在〈人是目的，人是中心〉一文裏，呼籲作家要喚回人性和人道主義，對人的獨立、尊嚴、自由，乃至需要、歡樂、幸福都要關懷、重視，並加以闡揚發揮㉖。

一九八一年，劉賓雁的文學觀再受批判，指其視「眞實性」爲文藝的唯一尺度和最高指標，不符合列寧論托爾斯泰的原意，也代表著一種輕視革命理論的普遍傾向㉗。

近幾年來，鑒於「左」的流毒在文壇盤旋不去，窒礙並限制了作家的創作活動，劉賓雁於是有「創造自由」和「批判精神」的主張的提出。劉賓雁嚴正指出：「創作自由」乃是文學生死存亡的生命線。四人幫的十年「大實驗」證明了，在最嚴酷的法西斯統治下，工業、農業、科研仍然或多或少有些收成，唯獨文學是絕對的絕收，是一片不毛之地。劉賓雁更強調文學天生具有一定的批判精神與內容，這不但不會妨礙它贊美和歌頌眞善美，反而使這種贊美與歌頌具備了更大的說服力與感染力㉘。將這些文學主張付諸實現，於是有震撼人心的劉賓雁報告文學作品之產

㉕ 同⑳。
㉖ 劉賓雁，〈人是目的，人是中心〉，《文學評論》雙月刊，一九七九年第六期，頁一〇—一五。
㉗ 同㉒。
㉘ 劉賓雁，〈我的日記〉，原載上海《文匯》月刊，一九八五年二月；本文出處同⑭，頁三七八。

生。

四　主要危險還是左：劉賓雁對中共政治的批判

積四十年的黨齡，看盡中共黨內的腐化頹敗，劉賓雁於是毫不容情地指斥：「社會主義已由一個崇高的、有科學依據的理想，最後變成了『四人幫』的假社會主義，無產階級變成法西斯專政；黨的領導、黨的肌體本身，都遭到了汚染和破壞，以至於，某些黨的組織已經不像共產黨了。」㉙劉賓雁將此歸諸於是左傾路線的長期盤據。他剖析：長期搞擴大化了的階級鬬爭，把敵情觀念提高到脫離實際高度的結果，對於思想上消極影響的估計，總是大於實際工作裏邊的錯誤，這種趨勢的極致，就出現了「文化大革命」㉚。劉賓雁直截指出「文化大革命」的荒謬本質有二：㈠把人看作一種同物質世界、一種同客觀現實相脫離的生物。似乎一個人在政治上毫無權力，經濟上一貧如洗，肉體上半飢半飽，還能夠「放眼世界」、「爲革命而種田」、「爲世界上三分之二受苦的人民」奮鬬不息。㈡把一個人頭腦中的問題歸結爲邪惡的意願，世界觀沒改造好

㉙ 劉賓雁，〈主要危險還是「左」〉，這是劉賓雁一九八一年四月，在「學習貫徹中央工作會議」上的發言，發言稿後來收錄在一九八五年人民出版社出版的《劉賓雁文學與生活》一書中；本文轉引自香港《九十年代》，一九八七年二月，頁六〇—六一。

㉚ 同㉙，頁六二。

或外來的腐朽的思想文化的影響，因而在主觀世界中，去尋找主觀問題的原因㉛。

「風派人物」在中共黨內的猖獗、充斥，據劉賓雁看來，也是左傾路線惹的禍。他說：「一九五七年首先把堂堂正正、敢於直言，把熱愛黨的事業、關心人民命運這樣一條政治道路堵塞了，把它變成了一條極端危險的道路，人人自危。接著，又堵塞了另一條道路，就是鑽業務、搞科研這條道路，這叫做『白專』。走這條路費力不討好，結局往往是悲慘的。結果，留下一條暢行無阻、萬無一失的道路，既省力又安全，就是寫一個小報告，整個人啊，批判會上發個言啊，等等，風派人物便應運而生。」㉜

在〈人是目的，人是中心〉一文裏，劉賓雁對「階級鬥爭」的殘暴表示了極度的憤慨與譴責。他認爲，極左路線下不斷的「階級鬥爭」，是以「很多人的尊嚴和健康爲代價的」。「對於人的成長和人的幸福的破壞」相當嚴重，這種禍害根源在於沒有把人當人看待㉝。

劉賓雁還分析出左傾組織路線具有下列三種表現：㈠喜歡吹捧和迎合自己的人，重用恭順和帶有奴性的人；㈡以個人好惡定親疏，即以我劃線；㈢凡善於獨立思考，對領導持監督態度者，就打擊、壓制、埋沒㉞。劉賓雁自己無疑屬第三類，他有顛沛的一生，乃至今天的厄運，自數劫

㉛ 轉引自彥樺，〈劉賓雁的尋求與追索〉，在古軍編《劉賓雁傳奇》內，頁二六三。

㉜ 同㉚。

㉝ 同㉖。

㉞ 同㉘，頁三七六。

數難逃了。

劉賓雁也指陳：解放以來的自由，不是在擴大，而是在縮小[35]。在〈我的日記〉裏，劉賓雁意味深長地談到：「大陸一解放，『自由』這個詞就從我們的語言中消失了。就我記憶，似乎只有在批判『自由主義』和『資產階級自由民主思想』或資產階級的『自由、平等、博愛』的虛偽性時，方能碰到這個詞。」[36]這不啻是對中共極權統治的最深刻批評。

劉賓雁美國歸來後，以美國言論自由的情況來衡量大陸，剴切指出：「文革」的產生，以及中共面臨的許許多多困難，如黨風不正、腐敗等，都是大陸人民言論自由太少，報紙上揭露、批評太少，有以致之。劉賓雁擔心這種情形久而久之，就會把整個民族都變成庸人，變成庸人民族[37]。劉賓雁還呼籲人民自己去爭取自由。他說：「言論自由，不可能是賢明的國王或者度量大的宰相，突然有一天施捨，而必須是人民自己去爭取，然後當時的政府才不得不承認的。中國也應該以同樣的方式，去爭取言論自由。」[38]劉賓雁斬釘截鐵的結論是：如果沒有言論自由，法

---

[35] 劉賓雁，〈三十年來自由日益縮小〉，原載《深圳青年報》一九八六年九月二日；轉引自古軍編《劉賓雁傳奇》，頁三一。

[36] 同[28]，頁三七四。

[37] 同[35]。

[38] 這是劉賓雁一九八六年在某文學研討會上的部分講話內容，引自香報《明報》，一九八七年二月十九日，第二十五版。

律和制度都是空虛的[39]。

劉賓雁還批評中共「經濟改革的腿很長，而政治和法制的腿很短」。他析言：工廠破產，廠長當然要負責任，但廠長上面還有領導，這就是政治體制問題。文革結束十年了，而政治體制仍跟一九六五年基本相同。審判員的產生途徑有問題，審判官可以任意胡來，這就是法律制度問題。劉賓雁的結論是：「原來考慮政治、經濟配套，現在還有法律配套問題。」[40]

劉賓雁更毫無保留地頌揚資本主義是一個解放了人和人的創造力的社會，在資本主義的社會裏，個人的才能可以得到充分的發揮。他直言：中共掌權後，社會主義和資本主義沒有聯繫，處於斷然隔絕狀態，這在理論上及政治上，都犯了嚴重的錯誤。其結果是，放棄了自由、民主、平等、博愛這些資本主義的東西，而創造出純粹的、革命的、無產階級的民主、自由——十七年的實驗結果證明，創造出來的實在是封建的法西斯專制[41]。要匡正此弊，劉賓雁建議的處方是：吸收資本主義社會發展過程中產生的政治、法律等各種制度[42]。

---

[39] 同[38]。
[40] 關愚謙，〈劉賓雁談文藝與改革〉，香港《九十年代》月刊，一九八六年十月，頁八〇。
[41] 同[38]。
[42] 同[38]。

五　以文學為媒，為中共刮骨療疾：劉賓雁報告文學作品的內容分析

報告文學作品佔劉賓雁著作的大宗，七九年以迄，即發表了三十八篇之多。篇名泰半已列名如前。對其最出名四篇作品〈在橋樑工地上〉、〈本報內部消息〉、〈人妖之間〉、〈第二種忠誠〉的內容分析如後：

〈在橋樑工地上〉寫的是一九五七年黃河橋樑之地上施工的種種狀況。劉賓雁在文中對比地刻劃了兩個人物：一個是腳踏實地，開朗創新、鑽研工程技術，講究經濟效益的三分隊工程師曾剛；另一個則是呆板、僵滯，故步自封，不講求效益、品質、唯上級命令是從的工程總隊長羅立正。有一年，逢到黃河春季發大水，豎在河中的鋼樁眼見要隨波而去，曾剛那一分隊及時搶救，羅隊長卻還要左打電話、右請示，拖延推責的結果，大批的國家物資就這樣付諸東流了。曾剛和羅立正這麼南轅北轍、性格、作風完全迥異的兩個人長期衝突齟齬的結果，曾剛被調走了事。羅隊長的勝利，代表著保守主義、官僚主義在中共黨內的當道得勢，對它們的揭露與撻伐，正是劉賓雁創作此篇意旨之所在㊸。

㊸ 本文原載於《人民文學》，一九五六年四月號；轉引自《劉賓雁作品精選集》（香港，文學研究社），頁三一—三八。

〈本報內部消息〉報導的是一九五七年《新光日報》的內部情況。小說裏突出地摹寫了兩類對立人物：一類是以陳立標、馬文元爲代表的新聞領導階層，他們的工作態度要不是「承上啟下，把部長的指示變成自己的指示，又把科員的報告，變成自己的報告」。就是「不相信編輯記者們，對他們的覺悟、能力估計過低，親手管得太多，考慮編輯人員的意見太少」。另一類是以黃佳英爲代表的年輕記者們，他們勤奮、積極，工作的目標是發掘問題，反映民瘼。這兩派人的地位天差地遠，主動、勤奮的年輕一輩不得不屈從於專斷，保守的僵化領導之下，理想、抱負伸展不了，而新聞事業的社會使命和職能，也就無從發揮了㊹。劉賓雁在此藉著描述新舊兩輩新聞工作者任事態度的不同，以凸顯官僚主義在中共上層領導機構裏的浸潤之深，並呼籲應該給記者們更大的主權，以有效發揮輿論的監督功能。

〈人妖之間〉寫的是黑龍江省賓縣地方一件以女幹部王守信爲首的貪污集團的犯罪事實。王守信原只是燃料公司的小小收款員。文革期間，倚仗縣武裝部楊政委的扶掖，攀上了燃料公司經理、文書、兼縣商業革委會副主任的寶座。賓縣不產煤，縣裏發展工業需要煤，老百姓一日三餐也需要煤，而中共的計劃供應卻有一定的限度。爲了弄到計劃以外的煤，縣委於是放任王守信去另闢蹊徑。王守信就這樣在公家不合法的活動中，和上級縣委、地委，乃至省級幹部們串通勾

㊹ 本文原載於《人民文學》，一九五六年六月號，轉引處同㊸，頁三九—七一。

結，公然進行著權力和財物的交換，發展成一件轟動一時的大貪污案：貪污款項高達人民幣五十萬零七百七十元；逮捕人犯十名，全是中國共產黨黨員㊺。

劉賓雁在文中深刻剖析這個貪污集團的組成要素是層層相扣，緊密糾結的「人際關係」。它包括家族、親族、朋友、同學、同事、僚屬、姻親，乃至姻親的親戚等關係；文化大革命在人們之間又構築了另一層新的政治關係：凡同屬一派，共過患難的，後來就稱兄道弟，互相庇蔭。這所有的「有關係」的人之間，於是乎，「在哥兒們義氣、感恩圖報、親友情誼等等溫情的紗幕之下，掩蓋著赤裸裸的利害關係。這邊投之以桃，是依靠手中之權給以物質實惠，取得物資實惠的條件；那邊報之以李，又是以直接或間接的物資實惠以償還。」㊻儼然在賓縣境內，構成了一個以王守信爲中心的特殊利益集團。

賓縣老百姓對這個集團「看在眼裏，恨在心裏」，也貼過大字報，還上書檢舉。無奈，執法和監法的又都是同一羣人，羣眾的抗議、檢舉於是毫不生效㊼。

在作品結尾，劉賓雁意味深長地評註：「王守信貪污案是破獲了……不是還有大大小小的王守信在各個角落蛀蝕著社會主義，繼續腐蝕著黨的肌體，而受不到無產階級的專政的處罰嗎？」㊽

㊺ 本文原載於《人民文學》，一九七九年九月號，頁八三—一〇二；轉引處同㊹，頁九九—一四五。
㊻ 同㊺，頁一三四。
㊼ 同㊺，頁一三四—一三九。
㊽ 同㊺，頁一四三。

顯示賓縣事件在中國大陸並非特殊的、偶發的事件，毋乃是相當普徧的，全面性的現象。劉賓雁藉著此文探討：問題的核心，不是四人幫，也不是毛澤東，而是三十年裏，中共的生產資料公有制已經和共產黨的黨、政權利相結合，凝聚成一個盤根錯節，根深蒂固的「政治階級」。他們藉著政治權力和經濟制度，成了統治階級，成了人民的對立面。這個階級雖然不同於資本主義的資產階級，但其顯露性、其剝削的尖銳性卻有過之而無不及㊾。

〈第二種忠誠〉寫的是兩個年輕人陳世忠和倪育賢出於對共產黨和人民的熱愛，在重要歷史關頭，不顧個人安危，或冒死直諫，或不畏強暴，以反對林彪、四人幫的倒行逆施㊿。

陳世忠一向品學兼優，從中學起，他就流露出極高的政治興趣和社會活動能力。後來赴蘇聯留學。回來後，目睹一系列「左」的理論和實踐所造成的種種惡果，他於是寫信給毛澤東，呼籲在對內、對外政策上謹愼從事；他後來又寫了〈評中共中央關於國際共產主義總結路線的建議〉。因爲這兩篇文章，他理所當然地被訂爲「現行反革命」，被捕入獄。

在獄中，他又寫了三萬多字的〈諫黨〉長文，懇切指陳雷鋒式忠誠從不知抵制上級的錯誤決定，包藏著嚴重的，甚至致命的缺點。呼籲毛澤東要開濶心胸，接納最眞切的「愛黨」而表現出

㊾ 陳文鴻，〈封建主義與官僚主義的結合品——劉賓雁「人妖之間」讀後感〉，收錄在古軍編，《劉賓雁傳奇》內，頁二五二。

㊿ 同⑭。

來的「反黨行爲」。上書的結果是：陳世忠被判了八年徒刑，一直到一九八一年才獲釋。

倪育賢的遭遇則是這樣的：他十八歲卽參軍，在部隊裏節衣縮食地購置了全套馬、恩、列、斯、毛的選集。越讀越發現：馬列主義的基本觀點和當時的中國的社會現實，有著無法調和的尖銳衝突。倪育賢後來調查了大躍進後安徽省的饑荒，發覺造成嚴重飢饉的原因並不是報上宣稱的「嚴重的自然災害」，而是在農村推行的那一套極左改革「高指標」、「高徵購」、「平調風」和「共產風」，把一個好端端的農村折騰得滿目蕭條，餓殍遍地。倪育賢於是上書黨中央和毛主席，指出：造成國民經濟困難的根本原因不是天災，而是人禍。他建議：允許公社社員包產到戶，自種自銷，以刺激國民生產的積極性。倪育賢上書的結果是被指爲「修正主義」。

文革期間，倪育賢雖爲上海海運書院革委會委員，卻全力制止抄家、武鬥等行動，保護了包括老院長在內的一些教師，使他們免受致命的人身摧殘和人格侮辱。他又積極組織抵制四人幫的種種行動，還編印《列寧語錄》與《毛澤東語錄》相抗衡。文革結束後，倪育賢因爲替鄧小平喊寃而坐了牢。後來，鄧小平恢復工作了，倪育賢卻被拉回工廠批鬪，判處死刑。最後雖獲釋放，但在單位裏仍舊受壓，境遇不佳。

劉賓雁通過對他們兩人遭遇的描寫，肯定了他們區別於雷鋒的另一種忠誠：「『第二種忠誠』，像陳世忠和倪育賢身體力行的這種，就不太招人喜歡了，還要付出從自由、幸福，直至生命的代價。」

劉賓雁的〈第二種忠誠〉有三大突破：㈠突破了官方對毛澤東的評價；㈡突破了雷鋒的愚忠偶像；㈢突破了對中共外交政策不能批評的限制[51]。因而，在神州大陸引發強烈震撼：刊登此文的《開拓》雜誌因而被迫停刊；中紀委還派出調查組對劉賓雁進行審查[52]，劉賓雁的厄運從發表此文的一九八五年卽開始了。

劉賓雁報告文學作品的價值來源對於當時政治、經濟和文化等社會因素的契合，而決不僅僅是文學自身發展的結果。中國大陸的報導文學——其實也是整個文學——一直在不同程度上替補著欠發達和欠開放的新聞和其他傳播媒介的位置。

劉賓雁曾否認自己對報告文學有特殊偏愛，也不承認報告文學是他志願選擇的途徑，只因爲，「中國的形勢、現實生活使他進入了與惡勢力鬪爭的場地，而報告文學正是最直捷有效的一種途徑。」[53]

劉賓雁寫作數以十計的報告文學作品的結果是：因〈在橋樑工地上〉、〈本報內部消息〉二文被打成右派；七九年復出後寫的〈人妖之間〉、〈路漫漫其修遠兮〉、〈第二種忠誠〉等九篇作品，都遭到了地方黨委或個人的指責或控訴，罪名是「失實」。〈第二種忠誠〉的官司迄今未

---

[51] 倪育賢，〈「第二種忠誠」的震盪——劉賓雁受壓內幕〉，美國《中國之春》月刊，一九八六年四月，總第三十四期，頁二三。

[52] 同[11]，頁八。

[53] 同[5]，頁三九。

了，劉賓雁本人也受到嚴重壓力[54]。卽便如此，在被迫而作的「自我檢查」裏，劉賓雁還爲他的作品作了下列三點強而有力的辯白：㈠我的任何一篇批評報導，對於一個問題的揭露，都沒有過頭，而是不足；㈡我所批評的現象，在當地，以至該省，不是減弱了，或消滅了，而多半是愈演愈烈；㈢有些對批評性報導的批評，往往並不是爲了改善和加強正當的批評，而是要制止批評[55]。〈第二種忠誠〉主角之一的倪育賢八六年元月抵美國後，也公開證實劉賓雁所報導的全屬事實[56]。這樣一來，倒是見出指控劉賓雁「報導失實」的中共當局的「控訴失實」了。

六　結　論

㈠倪育賢在中國大陸時，曾給劉賓雁一封信，信中談到：「……現在人民大眾把你當作人民的代言人，這是你的光榮，但卻是我們民族的恥辱。因爲當人民還迫切需要尋找代言人和淸官時，就說明他們自己沒有發言權，無法主宰自己的命運。所以，他們只好來找像你這樣的人。」[57]這不啻是對劉賓雁的成就，及劉賓雁作品所反映的社會現實的最佳說明。

[54] 同[3]，頁一二一—一八。
[55] 同[54]，頁一二三。
[56] 同[8]。
[57] 同[51]，頁二一九。

㈡劉賓雁由於對馬克思主義的理想色彩或合理部分的深入鑽研和了解，也由於出自對歷史、對國家、對人民的強烈責任感，更因爲他的共產黨員的身份，使他的信仰「組織化」，對於共產主義和社會主義制度在理論上的優越性，他從未表示過懷疑。至於在過去相當一段長時間裏所造成的「社會主義社會」的人爲災難，劉賓雁將它歸諸於是缺乏任何批評、監督有以致之。而他認爲，「批判精神」正是「馬克思主義的靈魂——唯物辯證法」中的重要一環[58]，他於是要選擇報告文學這一冒險事業，來批判中共的諸般缺失，庶幾有以改之。

㈢劉賓雁說過：「沒有抽象的、絕對的自由，只有限制的自由」[59]；又批評「有個別青年作家，濫用了自由，寫出了壞作品，甚至很壞的作品」[60]；顯示劉賓雁還是偏重於對個人自由施加限制，而強調集體的、國家的自由。劉賓雁從根本上說，是眞心實意捍衛中共政權的一個人。對這種冒死極諫的忠臣，還要橫加打擊，制裁，徒然見出中共領導階層的顢頇與腐敗。其實，眞正值得中共憂心的，倒是劉賓雁指責的所謂「濫用自由，寫出壞作品」的大陸年輕一輩作家們。他們是十年文革的最大受害者。粉碎四人幫以後，伴隨著解放運動的開展，和社會生活的急劇變化，他們思考和反省自己的經歷，於是產生一種被蒙蔽、被欺騙、被侮辱的感覺。開始感到迷

[58] 同[7]。
[59] 同[29]，頁六三。
[60] 同[59]。

惘、苦悶、孤獨和忿懣。因而用一種懷疑的眼光來看社會和人生。有青年作家說：他們對於過去生活的回答只有四個字，那就是「我不相信！」他們不相信過去的一切，包括馬克思主義和共產主義的宣傳教育、社會主義道路和黨的領導，以及人生本身。西方存在主義及現代派文藝思潮的適時傳入，塡補了他們思想領域的眞空，於是而有下列三大題材作品的產生：⑴對馬克思主義和共產信念動搖，把理想、人生描繪成虛無飄渺的煙雲；⑵在反映生命的歸宿時，「尋根作家」表現強烈「向後看」的意識；⑶用生物進化論的觀點，來解釋社會生活，宣揚生存競爭和唯我主義的人生哲學[61]。這些作品不但在青年中有很大市場，甚至在中、老年人中，也有他們的知音。看到這一點，就能了解中共當前的危機是多麼深重了！

[61] 陳自仁，〈略論當代青年題材創作中的錯誤傾向〉，《西北書院學報》，一九八四年一月，頁二九—三四。

「新三家邨」中的王若望

■「我要為資產階級自由化辯護。我就是要自由化，不給我自由，我就要鬪。」

■王若望與劉賓雁有「南王北劉」之稱，二人素以敢於針砭時弊而聞名。

一　前言

八七年年初以來，中共由對學生運動的鎮壓上升爲對「資產階級自由化」的批判。《人民日報》、《光明日報》、《紅旗》雜誌等宣傳機器上一片殺伐譴責之聲，彷彿又回到文革前夕。海外觀察家們論斷這是中共又走向「十年一反右」的老輪廻❶。這期間，一向以「資產階級自由化老祖宗」而「感覺驕傲」❷，說過「我要爲資產階級自由化辯護。我就是要自由化，不給我自由，我就要鬪」等語❸的中共老黨員作家王若望當然地成了箭靶子。中共對王若望羅織的罪狀爲，「攻擊和汚蔑社會主義制度，鼓吹走資本主義道路，醜化和否定黨的領導」❹。依共產黨的邏輯：黨員作家必須首先是黨員，其次才是作家❺；列寧也說過：「爲了言論自由，我應該給你

---

❶ 曾友，〈十年一「反右」〉，香港《九十年代》月刊，一九八七年二月，頁四六—四八。

❷ 王若望在上海同濟大學的一次師生大會上說過，「講我王若望自由化，我無所謂，我覺得蠻好。」在上海城建學院的師生大會上，王若望談到，「說我王若望是資產階級自由化老祖宗，現在這個名聲我感到光榮，沒有啥格難爲情。」上述言論均引自張振陸，〈從王若望的言論看資產階級自由化的實質〉，《人民日報》海外版，一九八七年一月二十日，第二版。

❸ 此爲王若望在上海「南苑」文學社一次講話中的部分內容。資料來源同前註。

❹ 席于生，〈反對四項基本原則爲黨紀所不容——批判王若望鼓吹資產階級自由化的錯誤言論〉，上海《解放日報》，一九八七年一月十六日；轉引自《人民日報》，一九八七年一月十九日，第四版。

❺ 〈黨員作家必須首先是黨員〉，《光明日報》，一九八七年一月二十一日，第一版。

完全的權利，讓你隨心所欲地叫喊、扯謊和寫作。但是爲了結社的自由，你必須給我權利同這些說這說那的人結合或分離。」❻於是，上海市紀律檢查委員會毅然地於當年一月十三日正式對王若望作出開除黨籍的嚴厲處分❼。王若望於焉成了中共這場「清除資產階級自由化」運動的第一個熻祭❽。

王若望與劉賓雁有「南王北劉」之稱，二人素以敢於針砭時弊而聞名。此次又同因講眞話而賈禍。我們既爲海峽對岸文藝思想界嚴冬之早臨而心憂，也有必要對這一風骨嶙峋的老作家王若望的生平及思想作個了解。

二　懵懂入黨，一生顚沛的王若望

王若望，本名王壽華，筆名有「若望」、「若涵」、「若木」、「兪田」四個之多，其中以「若望」用得最多。江蘇省武進縣丫河鎭人。一九一八年的三月一日出生在一個世代耕讀爲生的小康家庭裏。父親是個恬淡知足的小學教師，一家倒也生活得和樂溫飽❾。王若望高等小學畢業

❻ 同❺。
❼ 《光明日報》，一九八七年一月十五日，第一版。
❽ 方勵之係於一月十七日被開除黨籍，劉賓雁係於一月二十四日被開除黨籍，在時間上都晚於王若望。
❾ 紀叟，〈王若望第二次被開除黨籍〉，香港《明報》，一九八七年一月十八日，第二十六版。

後，考入南京市東北棲霞山鄉村師範學校。原指望畢業後克紹箕裘，也謀個教職，作育英才[10]，那知身上長了根反骨[11]，天生的桀驁不馴、耿直不阿的倔脾氣和校方扭上了，讀了不到半年，就因某種原因而遭到被學校開除的命運[12]。王若望自此離開校門，由原先擬想好的平穩順當的人生軌道裏游離出來，向大風大浪、波濤起伏的險惡世途邁進。

一九三三年，王若望到了上海，進新亞藥廠作學徒[13]。他一方面學製藥，一方面練習寫作，在報章雜誌上發表了雜文〈豁拳閒話〉，說唱詞〈新年浪歌〉等[14]。不久，即懵懵懂懂地認同了共產主義，而加入共青團。後來又加入「中國左翼作家聯盟」。當時上海傭員協會以油印方式出版刊物《傭員生活》，由「左聯」出資，王若望任編輯，這是王若望編輯刊物之始。王若望自此更積極地參與左派活動，而在次年遭到國民政府的逮捕，判了十年徒刑[15]。他當時才十六歲。

王若望的最重要作品——《饑餓三部曲》裏的第一部曲卽寫的是這段牢獄生涯。甫及垂髫之齡的王若望初陷囹圄，「想到要在這個鬼地方生活十年，往後是一連串黯淡的、遭罪的日子，兩

---

[10] 同[9]。
[11] 關愚謙，〈王若望談文藝政策及改革〉，香港《九十年代》月刊，一九八六年八月，頁七七。
[12] 同[9]。
[13] 同[9]。
[14] 林同，〈王若望發信串連知識界〉，香港《明報》，一九八七年一月十七日，第三十七版。
[15] 同[9]。

條腿一下子就發軟了，不由得哇的一聲哭了出來。」⑯他當時心情的恐懼與沮喪是可以想像的。後來在獄裏，碰到上海共產黨組織部的負責人徐玉書及四川學生張雲卿（即後來成爲上海市長的曹荻秋），他們教他練拳；教他日語；介紹他讀了「萬有文庫叢書」好幾百種；還鼓舞他生存的意志，王若望這才又恢復了他的青少年活力，平靜而振作地過他的鋃鐺生涯⑰。這一段牢獄生活對王若望學識的精進及人格的塑造上，都有著絕對性的影響。王若望後來就曾談到「監獄便是我的大學⑱。」

在坐監期間，王若望仍寫作不懈，寫了〈獄中之歌〉、〈十二・一六〉、〈牢獄中的呼聲〉等詩歌，發表在《北調》、《生活知識》、《讀書生活》等刊物上。其中〈義勇軍歌〉還由周巍峙譜了曲，風行全國⑲。

獄裏的伙食當然其差無比，吃的不是有火焦味的米；就是發霉了的米；再不就是有火油味的米，眞正難以下嚥。囚犯們於是利用「放風」的機會集結聯絡，商量好一塊兒來絕食抗議。王若望歷歷如繪地描寫饑餓的滋味：「起初是嘴裏分泌出的不少口水，是苦的，但是要把苦水吐掉，就發現嘴裏原來是乾燥的，那苦味是從舌苔上出來的。另一個感覺就是空虛逐漸延伸到背脊樑上

⑯王若望，《饑餓三部曲》，《收穫》，一九八〇年一月，頁一一六。
⑰同⑯，頁一一七。
⑱同⑯，頁一四七。
⑲同⑭。

了。感到整個身體隨時要散板，要瓦解；覺著兩只腳虛飄飄的，彷佛懸在半空上，上不著天，下不著地，不知飄向何處。」[20]絕食抗議延續了五天，典獄長終於屈服，伙食從此有了改善。[21]

一九三七年八月，國共合作抗日，王若望被無條件釋放，他的這段少年犯生涯於是僅僅坐了四年[22]。由於王若望在獄裏相吁以濕、相濡以沫的儘是這些左派分子，囚友們又鎮日以「咱們的紅軍一開到這裏，打開牢門，裏面所有的人犯就全解放了。」[23]的美景來相互期許、安慰。於是，出獄時的王若望不但未幡然悔悟，反而蛻變成一個共產經綸滿腹，又具鬪爭經驗的成熟共產黨員，義不反顧地朝中共大本營的延安邁去[24]。

他在延安先是學習，後來入陝北公學教書；同年十月，他正式加入共產黨[25]。翌年，他以「若望」筆名在武漢《新華日報》上發表了〈意想不到的殘暴〉等通訊稿[26]。一九四〇年，他和同

---

[20] 同[16]，頁一二三。
[21] 同[16]，頁一二四。
[22] 同[9]。
[23] 同[17]。
[24] 同[14]。
[25] 同[9]。
[26] 同[14]。

爲共產黨員的李明結婚。李明從十五歲起卽從事戲劇運動，一九三七年「八、一三事變」之後，她卽離家奔赴延安「中國女子大學」讀書。由於她工作出色，曾獲「先進工作者」的稱號，在延安加入共產黨[27]。

一九四二年王若望被派往中共山東根據地的渤海區工作。王若望等九人被編成一組，向廣饒縣北部行進。遷徙途中迷了路，荒山野地裏，糧盡援絕。《餓餓三部曲》的第二部曲卽寫的是這段荒野迷途，絕處逢生的經歷[28]。王若望一夥人在餓得瀕臨死亡的臨界點上，當滂沱大雨落下來的時候，「忙碌地咽下接來的水，忘記自己從頭到腳都被雨淋濕，忘記了濕透了的身體給我帶來的寒冷，這時候貪婪的嘴巴祇希望雨下得更大一些，更大一些。」再就是像原始人般生吃蚱蜢、昆蟲等小動物了。王若望的心得是：「綠色的幼蟲比蚱蜢好吃，好像是吃生鷄蛋那種味道。不過，吃活的幼蟲，不是餓得要命的人，放進嘴裏不能不感到膩心。」後來還是由一條老鄉養的狗的帶路，才把他們由絕境救出。

到了山東以後，王若望從事部隊的文教工作。也在《七月》上發表小說〈站平漢〉；翌年，《大眾日報》上連載了他的作品〈毛澤東的故事〉，文中對毛澤東極盡崇拜、頌揚之能事。其中

---

[27] 同[9]。
[28] 同[16]，頁一二五—一四三。

〈一個傷兵的願望〉這一篇後來被譯成十幾國文字[29]。一九四四年，他的牛脾氣又犯了，和部隊的領導者發生齟齬，受到黨的處分。一九四六年，他主編《文化翻身》半月刊[30]。

中共竊據大陸後，王若望由山東調回他少年舊遊之地的上海，一直擔任中共工廠、文宣方面的工作。先後擔任過上海總工會宣傳部部長、中共「華東局」文藝處副處長、上海柴油機廠廠長、上海作家協會黨組成員理事，上海《文藝月報》副主編等職務[31]，成爲上海文藝界的領袖人物之一。

一九四六至一九五六的十年間，是王若望創作慾最旺盛的時期。他先後寫了短篇小說集《呂站長》、出版了散文集《赴朝訪問記》、中篇小說《鄉下未婚夫》、《從黑夜到黎明》等。都是以報告文學的形式，來揭露或頌揚現實社會中的特殊人物或事件。中共的革命現代京劇始自王若望編寫的〈紙老虎〉一劇；他的兒童文學作品《阿福尋寶記》後來改編成電影，還榮獲一九八○年「全國少年兒童文學創作」三等獎。此外，他還在《人民日報》、《解放日報》、《文匯報》上發表了許多評論時政的文章[32]，開始了他以文論政的生涯。

---

[29] 同[14]。
[30] 同[9]。
[31] 同[9]。
[32] 同[14]。

一九五六年，中共發起「百花齊放、百家爭鳴」運動，王若望信以爲眞，以筆名「兪田」在《文藝月報》上發表雜文〈身價十倍〉、〈不對頭〉及諷刺詩〈望風測雨〉等，抨擊教條主義在文藝界裏作威作福的歪風㉝。又寫作雜文〈步步設防〉、〈一板之隔〉、〈釋落後分子〉等以諷刺時政㉞。

一九五七年，中共政策逆轉，發動起「反右派鬪爭」。王若望前一年發表的這些針砭時政的文章當下成爲被批鬪的最直接證據。張春橋（當時任上海市委文教書記）化名「徐匯」在《人民日報》上發表〈王若望是誰家的香花〉一文，爲王若望扣上反黨反「憲法」的帽子。接著姚文元又在《文匯報》上批判王若望和資產階級一唱一和㉟。後來成爲「四人幫」的張姚二人的相互勾結，卽始於此。王若望於是被戴上「反黨反社會主義的資產階級右派分子」的帽子。在〈老右生涯〉一文裏，王若望痛苦地述及妻子李明由於感情上始終和自己的先生站在一起，也在本單位裏遭到了接二連三的鬪爭，還逼她和王若望分開。李明哭著回答：「我們有這麼多孩子，我不能不要王若望呀！」後來李明被逼得精神和信仰都崩潰了，發起瘋來的時候，時哭時笑，用頭撞王若望，還踢他、打他。王若望祇是默默地承受，暗自責備自己在文字上闖了大禍，累及妻

㉝同❾。
㉞同⓮。
㉟同⓫，頁八一。

子[36]。

王若望本人則遭到降級、下放以及被開除黨籍的處分。他自述當時的心境：「不把我當人看待的那種歧視和政治壓力，並沒有損傷我的意志和精神，因爲我的神經已經變痲木了，我的感官變遲鈍了。縈繞在我心頭上的唯一的懸念，便是我的神經不正常的妻子李明。」這種憂患的日子一直熬到一九六〇年，王若望才被摘掉這頂「右派分子」的帽子，但共產黨籍未恢復，工資也沒恢復，重新回到「上海作家協會」工作[37]。

安穩平靜的日子過不了兩年，一九六二年，大陸文壇颳風一股「春風」。王若望寫作的癮頭兒又被勾起來了。他天眞地想在報刊上再發表文章，重拾舊譽，以告慰妻子與朋友們。於是，根據自己在「大躍進」運動裏的切身感受，寫成〈一口鍋的歷史〉一文，借一口鍋的經歷，略帶諷喩地提到城鄉發動的砸爛家用鐵鍋的這段笑劇[38]。卽便王若望再用溫和、隱晦的形式來寫作這篇小說，它還是被視作在「大躍進」、大吹「三面紅旗」時代裏，唯一唱反調的文藝作品。王若望接著又在《文匯報》上發表雜文〈小火表贊〉，強調尊重個性，反對大鍋飯及平均主義[39]。這兩篇

---

[36] 王若望，〈老右生涯〉，轉引自臺北《聯合報》，七六年一月二十五日，第八版。

[37] 同[36]。

[38] 同[36]。

[39] 同[11]，頁八一—八二。

復出之作不但未為王若望帶來預期的榮耀與平反，反而使他及妻子陷入另一場更可怕的夢魘：上海市委柯慶施（其人早在延安時期即和王若望有過嫌隙。）藉機公報私仇，在「全市幹部大會」上這樣宣判了王若望的罪狀：「上海的右派又蠢蠢欲動了。像王若望，剛剛給他摘了帽子，一遇到風吹草動，他又翹尾巴了。最近他就寫了〈一口鍋的歷史〉。這是公開攻擊三面紅旗的，你們找來看看，就看出他的攻擊多麼惡毒與技巧。還有一篇〈小火表贊〉，登在《文匯報》上，是攻擊社會主義集體化的。無產階級鬆一鬆，資產階級就攻一攻，要是放鬆了階級鬥爭，就會鬧成什麼局面」[40]。驚魂甫定的妻子李明再也承受不了這種打擊，精神分裂症愈發嚴重，終於一病不起，死時年才四十五歲。臨終猶不忘告誡王若望：「為了我們的孩子，你聽我一句話，往後再不要動筆了。」[41]王若望終究沒聽取亡妻的臨終遺言，才會有今天再度以文召禍，痛遭圍剿的命運。

一九六二年年底，王若望恢復了黨籍[42]。甫三年，文化大革命開始。王若望因為不肯寫假證明指認他早年囚友，後來擔任過上海市長的曹荻秋的叛敵，再度被羈押囚禁[43]。《饑餓三部曲》的第三部曲這樣描述這段牢獄生涯：「（監獄）給犯人的口糧減至最低定量以下，而且禁止家屬

[40] 同[36]。
[41] 同[36]。
[42] 同[9]。
[43] 李江，〈王若望其人及其作品〉，香港《動向》月刊，一九八七年第五期，頁一八。

送進任何食物。」「不許犯人讀任何書，允許犯人讀書的範圍只有『毛選』一種和小紅本。」「國民黨的監獄官還生怕犯人絕食死亡會影響他的烏紗帽，他還有所畏懼。而如今這夥假共產黨的公檢法，他們是毫無顧忌爲所欲爲。在他管轄下的犯人就好比螞蟻，你絕食不吃飯，正好節約糧食，弄死一些犯人，這些『革命派』連眉毛都不會皺一皺咧！」犯人被逼自盡，這些「革命派」的反應是：「咱們看得多了！一天死好幾個也休想動搖我們無產階級的江山！」完全是一付視人命如草芥的兇殘面目。王若望也想過重施絕食抗議的老伎倆，但「它（拘留所）畢竟是一個『無產階級專政』的地方，如果眞要絕食，豈不是對抗自己的階級專政了嗎？這不會又給自己增加一條『反革命』的罪狀嗎？」悲憤絕望的王若望於是寃屈地喊道：「在軍管名義下公檢法牢監裏，只讓犯人學習一門課，這門課就叫做『饑餓』。」「災難深重的祖國呀！在革命取得勝利的十七年後，怎麼又忍心把你的忠誠的子女重新投入水深火熱的血泊中！」「我已經經歷過兩輪出生入死的饑餓，難道自己用血肉鬬爭得來的大地，還要用這樣的酷刑對待自己親愛的兒子？這個政黨配稱做無產階級的政黨嗎？這樣的共產黨配稱做無產階級的先鋒隊嗎？」㊹這段椎心刺骨、刻骨銘心的慘痛生涯持續四年之久，讓王若望看清了中共內部的腐朽殘暴。一九七九年復出，恢復寫作權利後，揭露中共黨內的的專制腐敗，成了王若望爾後堅持不懈的寫作目標。

㊹〈饑餓三部曲〉的第三部曲，資料來源同⑯，頁一四三—一七三，此段內所引用的有關原文均來自於此。

一九七九年「四人幫」垮臺，王若望獲得平反，出任《上海文學》編輯部副主席。同年參加「全國文聯第四次代表大會」，當選作協理事。生活安定下來以後，他和文革期間的患難之交羊子結了婚，並寫出以他一生三次痛苦經驗爲藍本的自傳體長篇小說〈饑餓三部曲〉㊺。

此外，同一年裏，王若望還寫作了〈春天裏的一股冷風——評「歌德」與「缺德」〉㊻，〈談文藝的「無爲而治」〉㊼，及〈文藝與政治不是從屬關係〉㊽等一系列重要的文章，對中共文藝政治痛加撻伐。這幾年裏，王若望潛心致力於揭批中共社會上、輿論上「左」的汚染的工作。總共發表了二百多篇文章，散見於大陸各地報刊上㊾。與此相配合，王若望也到各地工廠和學校去發表演說，極力批判大大小小的「左」的僵化的教條和思想㊿。這些淸汚的文章和演講都成了王若望後來被整的直接證據。

㊺ 同⓮。
㊻《光明日報》，一九七九年七月二十日，第三版。
㊼《紅旗》雜誌，一九七九年第九期，頁四七—四九。
㊽《文藝研究》，一九八〇年，第一期；轉引自李江，〈王若望其人及其作品〉，來源同㊸，頁一九—二〇。
㊾ 同⓫，頁七九。
㊿ 同❷。

三　寫作報告文學以針砭時弊

除此之外，王若望也和劉賓雁一樣，寫作報告文學來主持正義、爲民平反。王若望說過：「寫報告文學的人遭遇的困難和風險特別厲害，連表揚先進事例有時也會招來痲煩，引起周圍的人嫉妒，日子反而不好過。另一方面，寫報告文學的人又必須具備嚴肅的使命感和高度的責任感，應力求在大的方面，主要的、基本的方面符合事實。周密、周到、愼重、鄭重應該成爲我們的信條和教訓。」[51]他這幾年內寫作的〈功臣乎，罪犯乎？〉及〈六八奇案〉兩篇報導文學作品正爲他的信念作了最佳的詮釋。

〈功臣乎，罪犯乎？〉一文在替一個辦廠有功的女廠長湯麗娟鳴冤叫屈。湯麗娟原是浙江省嘉興縣一個街道民辦縫紉組的一名中年女工，後因生產不景氣，發工資有困難，而被辭退出來。一九七四年，她用個人名義借得二千九百元，獨自籌辦工廠。起先修理和製造農用噴霧器，後又轉爲生產壓電晶體片。由於經營得法，配合市場需要，業務蒸蒸日上，盈利高達十七萬元。她的成功讓周圍的小人們又羨又妒，於是聯合嘉興縣的領導班子，誣栽她一個貪汚的罪名，告到嘉興

---

[51] 同[11]，頁七八。

市人民法院，將她判了三年徒刑，工廠也查封了[52]。

王若望這篇爲湯麗娟平反的文章刊在一九八四年第三期的《民主與法制》上。該刊同時將此文寄給浙江省和嘉興地、市專政部門徵求意見，又派記者專程赴當地調查。後該案上訴到嘉興地區中級法院時，湯麗娟的寃情終獲平反，無罪釋放[53]。這是王若望以筆代劍，在政法部門執法不公的黑暗社會裏，爲受害者討回公道的成功例子。

而〈六八奇案〉的遭遇就不一樣了。〈六八奇案〉發生在江蘇省江陰縣的新橋公社。案中人孫永根在公社六年期間，創辦了八個鄉鎭工廠，「全國鄉鎭企業會議」的代表都去參觀學習。他超產有功，按合同應獎他一萬三千元。他本人不敢拿。八二時節，祇拿了八千八百八十八元，大部分又都花在酬謝辦廠及外廠支援同志上，自已祇花用不到二千元。這麼一個有才幹、有膽識而無私心貪欲的人，江陰縣檢查院卻對他提起了公訴，指他這八千餘元是受賄，判了他八年徒刑。因前後共六個「八」，故稱「六八奇案」[54]。爲了調查這個案子，王若望、黃壽祺和謝軍三人接受《民主與法制》編輯部的委託，一起去了江陰鄉下兩次，對構成犯罪的全部事實，親自找證人，又核查了所有賬目收據，證實了被害者是寃屈的[55]。

---

[52] 《民主與法制月刊》，一九八四年三月，頁二一—二四。
[53] 同[52]，頁二四。
[54] 《民主與法制月刊》，一九八四年八月，頁八—一三。
[55] 同[51]。

《光明日報》及《民主與法制》先後刊出王若望等三人共同執筆的這份調查報告，標題就用的是「六『8』奇案」[56]。但這次中共最高政法部門卻未察納雅言，發回更審，只用一紙公文指責此文嚴重失實。被告原已獲准保外就醫了，反重將他收監；《光明日報》、《民主與法制》的編輯部也被迫作檢討[57]。文人的劍終敵不過龐大、深重的權力體系，而報告文學亦祇能發揮「主持正義」「喚醒良知」等精神作用而已。

由對這些寃屈案件的調查、報導，王若望發出兩點感慨：㈠幾十年來階級鬬爭爲綱的思想的薰陶，使得調查人員對被調查的當事人，專取不利於當事人的材料，而揚棄對他有利的方面。㈡「東方式妒嫉」衍生出誣陷、毀謗，寫黑信種種打擊成功者的卑劣行爲。他建議，身爲「中國」的改革者、創業者，必得要有足够的思想準備，才能對付「木秀於林，風必催之」的四面八方襲來的歪風邪氣[58]。王若望也因此萌發了中共制度的改革「政企分開」還不行，更重要的應實行「黨企分開」不可的主張[59]。

---

[56] 同[54]及《光明日報》，一九八四年七月十二日，第一版。
[57] 同[51]。
[58] 王若望，〈贊女廠長魏妮娜〉，《民主與法制月刊》，一九八五年二月，頁三六。
[59] 同[11]，頁八三。

四 王若望對中共當局的批評與諫諍

王若望於去年八月接受訪問時，曾談到他的基本信念是「做個合格的黨員，首先不要專制，不要站在邪惡一面，甚至製造邪惡，要永遠主持正義，追求眞理」[60]。由這一信念出發，王若望對中共意識形態、政治、文藝政策、乃至當前的經濟改革都作了鞭辟入裏的批評與建議。

王若望批駁中共對社會主義的概念是模糊的，不清楚的，有些東西是從空想社會主義那裏弄來的，很多東西是虛構的形式，這導致了中共統治三十六、七年間歷史的畸形——即把空洞無物的幻想，當作正確目標[61]。積五十年的黨齡，王若望還觀察到中國共產黨的弊端，不必歸咎於領袖人物的個人因素，要把他們看作是一羣人的代表，是這羣人的代言人。中共黨內的不民主與「一言堂」方式，正造就了大批這樣的畸形人才。這些人以地位高下、權力大小作標準來評判是非，有權就有眞理，領導人永遠是對的，誰要懷疑和表示不同看法，往往就要以反黨罪名遭到打擊[62]。要診治中共黨內這些腐化，專制現象，王若望開的處方是：推行自由民主制度；「黨改革

[60] 同[11]，頁八〇。
[61] 《人民日報》，一九八七年一月十八日，第四版。
[62] 王若望，〈中國文化開放與封閉之爭〉，香港《鏡報》，一九八六年九、十月，頁三四。

還不够，要實行多黨政治，才是要害。」[63]

在對文藝政策的批判上，王若望堅持反對「文藝從屬於政治」的說法。他以爲，這樣就是禁錮自己的手腳，就是損毀了文學藝術。誰要是以這樣的觀點來指導文藝，或縮小到把文藝作爲階級鬥爭的工具，那就必然地「把文藝事業引向死胡同。」[64]

王若望也駁斥文藝祇許歌頌不許暴露的觀點。當一九七九年大陸文壇刮起指責「傷痕文學」的旋風時，王若望率先揭竿而起，在〈春天裏的一股冷風——評「歌德」與「缺德」〉一文裏，痛斥這種看法是不懂藝術觀的想當然的看法。他論及，把紅色的歌頌之花贈給工農兵、革命幹部和社會主義體制；把暴露的、諷刺的黑色之花扔給資產階級和臭老九，這一創作原則實際上成了扼殺文藝創作，並導致文藝作品千篇一律，公式化、模式化的原因之一。他於是主張：對於社會主義社會內存在的陰暗面和發生的悲劇，祇要是生活眞實，是典型，就應該允許暴露和諷刺。以文藝爲武器來批判和揭露這些反面現象，實在是匡正時弊，不但不能斥之爲「缺德」，反而是應予提倡和保護的[65]。

---

[63] 王若望在上海社會學學會舉辦的「改革中的社會問題」座談會上，談到體制改革時說：「那麼黨改革以後將是怎麼樣的形勢呢？請允許我再開放、寬鬆一點說，要實行多黨政治，這才是要害。」上述言論，資料來源同[2]。

[64] 同[48]。

[65] 同[46]。

王若望還要求中共當局對文藝要「無為而治」。他指斥無產階級領導的國家，完全不懂藝術的特點，常常違反藝術規律，以領導工業生產的方式來領導文藝。於是乎，對文藝工作干涉太多，管理太細；這樣，文藝創作不僅繁榮不起來，百花齊放還會變成百花凋零[66]。要扭轉這一情勢，王若望對中共文藝領導者的諍言是：平易近人、平等待人、尊重作家的勞動；把「服務站」、「供應站」的職責眞正擔當起來[67]。

在對經濟改革的批評方面，王若望在一篇題為〈兩極分化的我見——與鄧小平同志商榷〉的文章裏，大膽地挑戰鄧小平所說的「我們的另一個原則是我們的政策不會導致兩極分化（貧者愈貧、富者愈富）」的說法。王若望對兩極分化的看法是：「兩極分化」有兩層意思：一種是階級剝削造成的富的愈富，窮的愈窮；另一種是因各人勞動創造了不同的價值。創作勞動價值特別多和少慢些的，他們的報酬勢必有高和特別高的；有收入低微的；而中國大陸的「兩極分化」屬於後者。王若望認為，在社會主義的社會裏，這種「兩極分化」是必然的趨勢，也是自由競爭的合理的結果。如果不讓「分化」，沒有「兩極」，只是實行平均主義兩頭補齊的辦法，大家過的將仍是「窮的共產主義」。王若望指出：中共當前經濟改革的癥結實在正是「兩極分化」得不够，處處保留了平均主義的痕跡，如此，才大大地削弱了生產力的發展。對此，王若望再三強調：不要

[66] 同[47]。
[67] 同[47]。

怕「兩極分化」，可參照資本主義國家近三十年來所採取的一系列自我完善及自我調整的步驟，以逐漸消除和淡化兩極現象[68]。

王若望也批判保守派不習慣用經濟手段管理工業，而一再用道德原則要求職工。於是，在職工分配原則上，不實行按勞付酬的原則，誰貢獻多，反而要他不拿或少拿報酬，實際上又回到了平均主義的老路子上。加以「左」的思潮在某些地區還佔優勢，誰富得出了名，上下左右都設法榨油水，地方上的稅卡和工商部門則用各種名義攤派，或者用算老賬的方式查明不合手續的款項，進行罰款、退賠。弄得各地萬元戶、家庭承運以及集資的民辦公司這兩年都不敢富了。聰明的趕早收攤不幹，分散和隱匿資金；有的則捐獻歸公，或資助鄉鎮單位辦公益事業[69]。要突破這一經濟發展的瓶頸，王若望坦率建議引進資本主義的思想、理論、意識形態。他在一次座談會曾談到：「科技可以引進，那麼，資本主義思想、理論、意識形態，那是不能引進啊，有污染的。這個問題怎麼認識的，我說，也要引進。他們的科技不是孤立的，是它那種意識形態，它那種思想基礎帶來的，我們先引進他們的科技，不引進他們的思想，等於引進硬件沒有引進軟件一樣，空的。」[70]王若望在這裏爲中共指出學習西方文化、西體中用的門徑。

[68] 〈「兩極分化」之我見——與鄧小平同志商榷〉一文原刊於深圳特區《工人報》，一九八六年十一月五日的〈寬鬆論壇〉上；轉引自香港《九十年代》月刊，一九八七年二月，頁五八—五九。

[69] 同[11]，頁八二—八三。

[70] 同[61]。

五　結　論

㈠大陸地下刊物《四五論壇》的主持人劉青說過這樣一段話：「推進（眞正的思想自由和言論自由），必須有人去做。倘若卽便看見了不公平、不正確的事，卻沒有勇氣指出，而是閉上眼睛或背過身去，是談不上推進的。倘若整個民族都容忍不公平而沒有勇氣對之指責，那麼這個民族是註定要被淘汰的，不值得憐憫和不配有更好的命運。中華民族不是這樣的民族，它在任何時候，那怕是最黑暗、最專制的時期，也不缺乏捨身直言的兒子。」[71]不啻爲王若望的一生行誼、一生奮鬪目標作了最佳的註解。

㈡王若望忠而受黜，迭經「反右鬪爭」、「文化大革命」的滅絕人性的折磨和摧殘。他一度傷心絕望地喊出：「災難深重的祖國呀！在革命取得勝利的十七年後，怎麼又忍心把你的忠誠的子女重新投入水深火熱的血泊中！」「我已經經歷過兩輪出生入死的饑餓，難道自己用血肉鬪爭得來的大地，還要用這樣的酷刑對待自己的兒子？這個政黨配稱做無產階級的政黨嗎？這樣的共產黨配稱得上是無產階級的先鋒隊嗎？」[72]但他終不屈服、不死心，繼續爲這個僵滯腐化、沉痾不

---

[71] 轉引自張賢亮等著，《靈與肉》，臺北：新地出版社，七十三年九月，序言第五頁。

[72] 同[16]，頁一四八。

起的中共政權把脈探病，開方抓藥。他建議中共在政治上要自由民主；文藝上要無為而治；經濟上要行資本主義、自由經濟。凡此，無異全盤否定了共產主義！王若望成為八七年清汚運動的第一件祭品，卽肇因於此！

㈢文革的興起，源於吳晗的〈海瑞罷官〉，毛澤東指其要點在於「罷官」。刀筆吏們乃響應「偉大領袖」的號召，殘酷迫害鄧拓、吳晗、廖沫沙三人組成的「三家邨」，鄧拓、吳晗二人經受不了折磨，飲恨自盡，廖沫沙含羞忍辱，得以倖存。中共當年以「三家邨」祭「文革」，現在又以王若望、方勵之、劉賓雁三人祭「反資」，二者何其神似！海外學者遂將王、方、劉三人逕名之曰「新三家邨」[73]。據上海傳至北平的消息，王若望已於八七年一月二十五日被傳訊，但他一直仍未在勒令他退黨的文件上簽字，也斷然拒寫檢討書。大陸人民以焦慮的心情注視著「新三家邨」的命運，每天有數以十計的慰問信函投向王若望；有些黨員為向中共高層抗議此事，還憤而集體退黨[74]。這些都顯示了王、方、劉三人在廣大人民心中，已隱然代表了「中國的良心」。「新三家邨」事件是中共迫害知識份子醜行的繼續，也是中國知識份子又一次挺身要求民主、反抗暴政的壯歌[75]！

---

[73] 董狐，〈迫害下的新三家邨〉，香港《爭鳴》月刊，一九八七年三月，頁二二。
[74] 陳中玉，〈王若望被抄家〉，香港《動向》月刊，一九八七年二月，頁一七—一八。
[75] 黃家鳴，〈中國知識份子的悲劇與覺醒〉，香港《爭鳴》月刊，一九八七年三月，頁三六。

㈣王若望加入中共五十年，他一生的升降起伏和中共內部的鬭爭相終始。他戴過兩頂帽子（一頂右派、一頂現行反革命），被開除黨籍兩次，都是中共黨內左傾路線反覆當道的結果。八七年年初中共開展「清除資產階級自由化」的鬭爭，懲處王若望等人。儘管官方一再強調十一屆三中全會以來的各項方針政策不會改變，但是，祇要我們把「十一屆三中全會」的會議公報拿來細看，再回顧一下中共「十一屆三中全會」的歷史背景，很可以清楚地看出，這次清汚運動不僅不符合「三中全會」的精神，而且簡直可以說是對「三中全會」路線的一個大反動。「十一屆三中全會」上曾對「黨的領導」作過修正，即「一定要保障黨員在黨內對上級領導直至中央常委提出批評意見的權利」[76]，這項內容無疑已被背離了。中共報刊上八七以來大量出現蠻橫無理、斷章取義、教條八股的言論，都說明，中共八七年後的政治路線，已蛻變爲「離開三中全會講四項基本原則」的路線，亦卽左傾路線的復辟[77]。劉賓雁說過：「離開三中全會精神，四項基本原則就會還是『四人幫』的那一套。」[78]確是至理名言！

[76]《人民日報》，一九七八年十二月二十四日，第二版。
[77] 余從哲，〈左傾路線的復辟〉，香港《九十年代》月刋，一九八七年三月，頁八一—八三。
[78] 劉賓雁，〈主要危險還是左〉，香港《九十年代》月刋，一九八七年二月，頁六一。

論大陸當代「女性文學」裏的「女性意識」

■在她們作品中所討論的問題和純粹關切婦女命運的西方「女性文學」作品並不盡同。

■在她們執著愛情卻又無任何行動的悲劇衝突的背後，是傳統道德和自我追尋的激烈交戰。

一 前言

一九七八年二月，中共召開十一屆三中全會，中國大陸自此進入一個新的階段。配合著政治運作中，「實踐」代替了「教條」，文學裏，「人學」於是也取代了「神學」。屬於「半邊天」的婦女，自此取代了工農兵，取代了英雄人物，重新成爲文學作品的主要描寫對象。

諶容、張潔、張辛欣、張抗抗、王安憶等女作家的崛起，更使得關心大陸當代知識女性命運，抨擊傳統道德觀念對這一代大陸婦女的歧視、迫害，以及抗議當代女性在自立、自強過程中所受到的阻攔、困擾等問題的作品，吸引了廣大大陸讀者和評論家們的注意，而將這一類的作品歸類爲一個借自西方的觀念—「女性文學」。

由於前述這些大陸女作家和男作家一樣承受了「文革」十年內亂對於人身的摧殘、對於人性的禁錮以及思想的箝制等諸般苦難，她們作品中於是對女性自身痛苦的揭發和對整個中國民族苦難的控訴等量齊觀。在她們作品中所討論的問題也因此和純粹關切婦女命運的西方「女性文學」作品並不盡同。

即使如此，女性的性別本身，她們的特殊感受方式終究導致這些大陸女作家所看到的人生百態的藝術呈現洋溢著女性特殊的風格和情調，即「女性意識」無可避免地滲透、含蘊在她們的作品之中。這些作品給讀者、批評家以特殊的認識價值，可以從中理解到大陸當代知識女性的世界觀以及她們對情感的態度。

大陸當前最活躍的女作家大致可概括爲三個層面：一是以諶容、張潔爲代表的中年層；一是以劉索拉、陳星兒等爲代表的青年層；另一，則是介乎這兩個層面之間的知青層，張辛欣、張抗抗、王安憶等卽屬於這一層。這三個層面女作家年齡、經歷的差異明顯地表現在她們對女性意識的理解和體現上❶。本文選取這些女作家若干具代表性的作品，概括地歸納出其中含蘊的朦朧女性意識、覺醒女性意識、女性自強意識、性愛意識，乃至客觀、成熟的女性意識五種意識形態，藉以了解大陸這一代知識女性的心路發展過程。

二　朦朧女性意識：女性傳統意識與自我實現的溶合

諶容❷於一九八〇年發表了中篇小說〈人到中年〉❸，把一個壓著因襲重擔，肩著時代使

❶ 張廣崑，〈知青籍女作家掃描〉，《當代文壇》（成都：一九八八年六月），頁五四；轉引自《中國現代、當代文學研究》（北京：一九八八年十二月），頁八四。

❷ 諶容，一九三六年生，早年卽開始創作。四人幫垮臺以後，有大量作品陸續發表，知識份子生活是她創作的一大題材。諶容生平資料，見於中國當代文學作品編輯委員會編，《中國當代文學作品選評》（下）（河北：人民出版社，一九八四年十月）「作者簡介」部分，頁一五六。

❸ 〈人到中年〉原刊於一九八〇年第一期的《收穫》雜誌上，轉引處同前註，頁六七—一五五。

命，為了事業，犧牲了對丈夫、孩子的愛，甚至幾幾乎犧牲自己性命的中年女醫師陸文婷呈現在讀者面前。陸文婷用默默隱忍的性格來承受事業的重負，以委曲方式求取女性價值之中，閃爍著朦朧，含糊的女性意識。

陸文婷從小是個孤苦伶仃的女孩子。求學時代，她把美好的青春完完全全地獻給了學業；踏入社會後，她又把全副精神奉獻給了醫學事業，成了她工作的那間以眼科出名的醫院在眼科手術上的第一把刀。諶容這樣描述陸文婷的醫德：「眼科大夫的威望全在刀上。……像陸文婷這樣的大夫，雖然無職無權，無名無位，然而，她手中救人的刀，就是無聲的權威。」❹陸大夫手裏的無聲的刀，卽是她人格的象徵。它的光芒和權威既不淹沒於各種愚妄的偏見，也不隨政治潮流的漲落而沈浮。諶容還刻劃陸文婷這個知識女性的性格力量「她總是用瘦削的雙肩，默默地承受著生活中各種突然的襲擊和經常的折磨，沒有怨言，沒有怯弱，也沒有氣餒。」❺陸文婷式的執著、堅毅精神代表了大陸當代大多數中年知識女性的基本特徵：她們身上雖然已有女性意識的萌芽，但包含了更多我國婦女的傳統美德。

沈重的醫療負擔之外，陸文婷還要操持家務。在從死亡線被拉回來的時刻，她口中唸唸有辭的還是「在這世界上，我還有許多事情沒有了結，還有許多責任沒有盡到。我不能讓圓圓和佳佳

❹同❸，頁一〇四。
❺同❸，頁一二〇。

變成沒有媽媽，我不能讓家杰遭到中年喪妻的打擊，我離不開我的醫院、我的病人。離不開啊！離不開這折磨人而又叫人難捨的生活。」[6]陸文婷融合了醫生、妻子、母親三重角色於一身，既要追求自我價值的實現，也想把家庭兼顧好。於是，她只有以中國婦女堅忍、犧牲的傳統品質把事業、家庭一肩挑起，表現了傳統女性意識與現代因素的溶合。

諶容是五〇年代的大學生，她身上難免有著較濃厚的傳統意識。她筆下女主角陸文婷所展現的女性意識於是只能是傳統意識上的點點星火，它的新舊雜揉、過渡性特質毋乃是極其自然的。以剛健、自強精神在事業上尋求自我實現的女性意識唯有視諸張辛欣等年輕一輩的知識女性作家了！

三　覺醒女性意識：對真摯愛情的追求和嚮往

張潔[7]於一九七八年發表了短篇小說〈愛，是不能忘記的〉[8]，表達了對愛情的熱烈呼喚和

---

[6] 同[3]，頁一四一。

[7] 張潔，一九三七年生於北京，原籍遼寧。一九七八年起開始創作，陸續發表許多短篇小說，包括〈愛，是不能忘記的〉、〈方舟〉、〈祖母綠〉等，著重探討大陸知識女性的婚姻、事業問題。有關張潔生平，見於《中國文學家辭典》（現代第三分册）（四川：文藝出版社，一九八五年三月），頁二七五。

[8] 張潔，〈愛，是不能忘記的〉，原載於《北京文藝》，一九七九年第一期；轉引自張潔著，〈愛，是不能忘記的〉（臺北：新地出版社，民國七十六年三月），頁一－二六

追求，打破了「文革」以來大陸文學愛情題材的禁忌。自此，揭開了大陸當代「女性文學」的帷幕，而大陸這一代知識女性女性意識的恢復和覺醒也由此肇端。表達類似主題的，還有張抗抗❾的中篇小說〈北極光〉❿。

〈愛，是不能忘記的〉刻劃的是男女相愛卻由於既定婚姻和道義感的束縛使他們的戀情終究不了了之的故事。女主角鍾雨是一個作家，年輕時遇人不淑，以離婚收場。年過半百以後，她出其不意地和一位有婦之夫的老幹部發生了感情，而且愛得如醉如痴，不能自已。老幹部的婚姻是報恩性質，夫妻沒有感情，但他不敢衝破現實社會道德的樊籬，向妻子提出離婚的要求。這對無望的戀人於是相約，讓彼此忘記，但女主角其實是忘不了的，她祇有把這段戀情埋藏心底，虛渺地企盼能在天國實現她理想的愛情。

鍾雨雖然在行動上不敢僭越傳統道德準則，但她對愛情有著熾熱、執著的追求，反叛對無愛家庭維護的傳統道德觀念，這實際上卽是恢復和爭取女性最起碼的人的權利的要求，標幟著女性意識的復蘇和覺醒⓫。

---

❾張抗抗，一九五〇年生，浙江杭州人。一九六六年初中畢業後下放到黑龍江農場，當過工人、文宣隊編劇等。不斷寫作，主要作品有〈夏〉、〈淡淡的晨霧〉、〈北極光〉等。有關生平資料見《中國文學家辭典》（現代第三分册）（四川文藝出版社，一九八四年），頁二六九—二七〇。

❿張抗抗，〈北極光〉，《收穫》雜誌（一九八一年第三期），頁四—六一。

⓫于青，〈苦難的昇華——論女性文學女性意識的歷史發展軌跡〉，《當代文藝思潮》（蘭州，一九八七年六月），頁五一；轉引自《中國現代、當代文學研究》（北京：一九八八年一月），頁一〇八。

張潔似乎透過這篇小說譴責，在中國大陸上，由人所創造出來的道德、法律、社會風氣、階級意識等等，都異化爲人的對立物，套在屈於弱勢的婦女的頸脖上，把她們壓迫得透不過氣來，帶給她們以無窮的痛苦。從這個意義上看來，張潔又似乎只是把這個愛情悲劇當作一個尖銳的社會問題來探討，她對於這兩個知識分子之間的愛情始終是給予充分肯定的。而其實，小說女主角鍾雨的愛情感受儘管濃烈如斯：「她那麼迷戀他，卻又得不到他的心情有多麼苦呀！爲了看一眼他乘的那輛小車，以及從汽車後窗看一眼他的後腦勺，她那麼煞費苦心地計算過他上下班可能經過那條馬路的時間。」⑫而男主角對於這樁感情的想法、感覺，小說裏卻極少提及。同時，張潔把男主角的形象極端理想化：「他給人一種嚴謹的、一絲不苟的、明澄得像小品一樣的印象。特別是他的眼睛，十分冷峻地閃著寒光，當他急遽地瞥向什麼地方的時候，會讓人聯想起閃電或是舞動著的劍影。」⑬讓人感覺這個人完美得有點不像現實生活中有血有肉的眞正的人了。〈愛，是不能忘記的〉裏男女主角的愛情在很大程度上缺乏現實基礎，不能不讓人覺得它似乎僅僅是一個受到西方浪漫思潮薰染的中國知識女性對於愛情的主觀幻想而已。

再深一層看這篇小說，在鍾雨執著愛情又無任何行動的悲劇衝突的背後其實隱藏著新舊傳承

⑫同❽，頁一一六。

⑬同❽，頁一一二。

時代中大陸當代知識女性的兩極化的思想意向——一極是傳統道德的束縛，另一極則是對現實道德的反叛和理想愛情的追求。傳統道德的規範性的社會約束力甚至往往壓過她們對理想愛情的追求，大陸當代「女性文學」裏中年一輩知識女性形象於是在歸宿上每每表現了一種「個性消融」的趨勢，雖由此顯露了小說的悲劇意識，但卻缺乏一種性格悲劇所應具備的悲劇張力⑭。

張抗抗的中篇小說〈北極光〉的女主角陸岑岑則是個充滿好奇、幻想的理想主義者，和她訂了婚的傅雲祥卻與她個性相反，是個平庸、實際的工人。岑岑後來又遇到一個「人窮志不窮」的暖氣修理工人曾儲，他那股從不抱怨命運的頑強拼搏精神、進取意志使岑岑覺得尋到了理想的生活模式。岑岑後來在與傅雲祥拍結婚照的時刻毅然走掉，只爲嚮往北極光一般的愛情，她「寧可死在回來的愛情的懷抱裏，而不活在正在死亡的生活裏。」⑮強烈地表達了女主角對理想愛情的執著和追求。

岑岑不顧社會輿論，憑藉自己的觀察和感覺去追求理想的愛情，這一行動的本身卽是一種解放；抑且，岑岑在作愛情抉擇時，鍾情曾儲護衛眞理的執著精神，不啻將愛情選擇提昇到對眞

---

⑭ 戴劍平，〈一種道德觀念和一種文學模式——對現、當代文學中兩類女性形象系列的考察〉，《當代文藝思潮》（蘭州：一九八七年一月），頁四四；轉引自《中國現代、當代文學研究》（北京：一九八七年五月），頁四四。

⑮ 同⑩，頁五六。

理、人生的追求，展現了大陸當前年輕一輩知識女性選擇對象過程中的心理體驗和道德判斷[16]。

〈愛，是不能忘記的〉裏的鍾雨和〈北極光〉裏的陸岑岑都由堅持愛情裏，體現了女性意識的覺醒。不同的是，張潔筆下的女主角彷彿是她自身的投影，有著較多的傳統道德的因子，她們基本上是一種在忍耐中求實現的傳統性格。張抗抗則是年輕一輩的知青作家，他們在「文革」中上山下鄉、插隊落戶，飽經人世的風霜雨露，於是磨練出一股勇敢的抗爭與追求精神[17]，〈北極光〉裏的岑岑於是執著於自己的愛情選擇，毅然中止了無愛的婚約。在岑岑的愛情追尋裏，已隱隱約約透出追尋自我的訊息，再進一步，受到社會漸趨改革、開放的影響，大陸知識女性逐漸走出了那個唯愛的封閉世界，投身到廣濶的社會裏去尋求自我實現了。

四　女性自強意識：以自立、自強來實現自身存在的價值

[16] 盛英，〈愛的權利、理想、困惑——試論新時期女作家的愛情文學〉，《當代文藝探索》（福州：一九八七年一月），頁六二；轉引自《中國現代、當代文學研究》（北京：一九八七年三月），頁一五〇。

[17] 同[1]。

張潔後來又發表了〈方舟〉⑱，另一知青女作家張辛欣⑲寫出〈在同一地平線上〉⑳，這兩篇小說的女主角們已不再滿足於對理想愛情的憧憬與追尋，她們明顯地轉向尋找女性自我，體現了大陸當代「女性文學」的新質在於追求女性爲社會承認的「社會人」的價值。這顯然是大陸「女性文學」在觀念上的一次更深層的挖掘和變革——女性現代意識即女性的自主自覺意識於焉誕生了㉑。

〈方舟〉述說的是三個婚姻不幸的知識女性轉而寄情事業發展的故事。

小說中三個女主角的婚姻狀況與人生遭遇是這樣的：荆華是一個學有專精的研究人才。「文革」十年下放邊疆的艱苦生活以及丈夫的摧殘，使荆華罹染頑疾。祇因爲有人爲她的論文喝采，卽被扯上男女關係的蜚短流長；柳泉畢業於外語學院，被派到外貿部門工作。她一心作好工作卻被誣指爲與外國人搞七捻三，唯一心愛的兒子也被分居的丈夫奪去；梁倩是個高幹子女，是電影

⑱ 張潔，〈方舟〉，《收穫》雜誌第一期（一九八二年二月），頁四—五九。

⑲ 張辛欣，一九五三年生於南京。一九六六年初中畢業卽赴黑龍江當農場工人。一九七九年考入北京中央藝術學院導演系，現任北京人民藝術劇院導演。一九七八年起發表作品，廣受討論的有〈我在那兒錯過了你〉、〈在同一地平線上〉、〈北京人〉等。她關注的焦點是婚姻、愛情、女性價值的社會實現等許多有關婦女在更高層次上的解放問題。有關張辛欣生平，見於《我們這個年紀的夢》一書「作者部分」（臺北：新地出版社，民國七十七年二月），卷首。

⑳ 張辛欣，〈在同一地平線上〉，《收穫》雜誌第六期（上海：一九八一年十二月），頁一七二—二三三。

學院導演系的高材生。她那貪婪市儈的丈夫總想靠裙帶關係謀取特殊利益。梁倩好不容易獨當一面地導了一部片子，卻無故被封殺、禁演。這三個飽受丈夫折磨的知識女性於是先後結束了不幸福的婚姻，搬到同一宿舍的單元裏共居，相濡以沫地獲取些人世的溫暖。〈方舟〉典出聖經，記述諾亞如何在洪水滔天之日躲入方舟避難。張潔以此爲篇名隱寓著她們的居所是無愛的塵世之中的一塊小小的綠洲。

張潔透過這篇小說，探討了知識女性的自立問題。她努力地把這三個離了婚的女人從痛苦和不幸中拉拔出來，爲她們打氣、鼓舞：「婦女要爭得眞正的解放，決不僅止於政治地位和經濟地位的解放，還需要從充分的自信和自強不息來實現自身存在的價值。」㉒「她自有治療悲哀的法兒。那就是對自身存在價值的認識——對人類、對社會、對朋友，你是有用的。」㉓她們的努力正是在體現「女性主義」的信念：實現女性的全面、和諧的發展。她們知道，爲了對舊道德權威的藐視，爲了對自己人格的強調，爲了對自身價值的追求，她們必須付出極大的代價。

深入探究造成這三個知識女性人生悲劇的根本原因，還在於大陸社會迄今對女性的看法仍舊

㉑ 任一鳴，〈女性文學的現代性衍進〉，《小說評論》（西安：一九八八年三月），頁一九；轉引自《中國現代、當代文學研究》（北京：一九八八年八月），頁一一七。

㉒ 同⑱，頁三三。

㉓ 同⑱，頁四三。

凝聚著濃厚的傳統觀念的霧障，而置身其中的知識女性卻已然發展出尋找自我、追求社會實現的女性自強意識。亦即是說，大陸當前知識女性的女性意識的發展已遠遠超前於社會意識的發展，如此，勢必衍生出女性意識與社會意識的錯位，而帶給這些大陸先進女性以事業和家庭生活上的矛盾與痛苦㉔。儘管處境相當困窘、艱難，〈方舟〉女主角們對現實所採取的卻是毫不妥協的奮鬪精神，不惜以一個女人所能付出的全部犧牲，來換取一個眞正意義上人所應有的權利㉕。〈方舟〉三個女主角正是在對外部世界憤激以及努力抗爭的自強意識裏，充分體現了女性意識的現代性質，這毋寧才是大陸當代女性眞正解放的希望之所繫。

張辛欣的中篇小說〈在同一地平線上〉陳述的則是另一個大陸知識女性追求、挫折、抗爭的命運。女主角原先希望在婚姻裏找到人生的支撐和依靠，孰料，完全不是那麼回事。她終於覺悟她還是得靠自己力量，努力寫作，才能實現自己的價值。讓她氣結的是丈夫對她的努力卻不屑一顧，只希望她溫順、體貼，生兒育女，當個嫺淑主婦。而女主角從事的寫作、採訪工作對她提出了許多和男性一樣的要求，但是她家庭裏的實際生活卻並未實現兩性價值的平等，即如篇名所示——男女雙方站在同一地平線上，因而他們的家庭生活琴瑟不協，終而導致這對夫婦的離異。

㉔ 同⑭。

㉕ 陳素琰，〈文學廣角中的一個世界〉，《藝術廣角》（瀋陽：一九八七年三月），頁六二；轉引自《中國現代、當代文學研究》（北京：一九八七年七月），頁一五二。

很明顯地，張辛欣藉著這篇小說來揭舉追求兩性價值平等的「女性主義」觀點。她感慨力爭與男性站在「同一地平線上」的女子，面對社會生活中各種競爭的壓力和挑戰，勢必不得不割捨掉天性裏、生活中的某些細膩柔情、唯美感受。使人們了解到處身於各種條件尚且十分匱乏、落後的大陸社會環境裏，女性想要全面發展所面對的困擾、阻礙何其深重！這篇小說所展示的正是大陸當代知識女性如何從痛苦的「非我」階段裏掙扎出來，走向既有清醒的婦女意識，又能超越個人和家庭的局限，以求得全面自我發展的「大我」階段的艱難歷程㉖，應該算是最具代表性的大陸當代「女性文學」作品之一。

遍覽張辛欣的小說，可以看出一個趨勢來——不論是〈在同一地平線上〉裏的女作家，抑或她的另一篇小說〈我在那兒錯過了你〉裏的女售貨員，她們的共同特徵都是具有自強意識、執著於事業發展的所謂「女強人」形態的女子。這些所謂的「女強人」往往以其外表的強悍、能幹、男性化隱去內在的纖細和柔情。當社會現實硬生生造就出這種行動粗莽、性格強悍的「雄化」女性時，女性的溫情本質於是每每因此感到一種失掉平衡的孤獨和寂寞。〈在同一地平線上〉裏的女作家於是在「不變地去愛和不變地保持自己的奮鬪。」㉗中苦苦地掙扎、煎熬。

㉖ 王緋，〈張辛欣小說的內心視境與外在視界——兼論當代女性文學的兩個世界〉，《文學評論》（北京：一九八六年第三期），頁四六。

㉗ 同⑳，頁一九八。

實在說，〈方舟〉和〈在同一地平線上〉裏的女主角們雖然在事業發展上展露了獨立、剛強的奮鬪意志，她們內心裏卻仍未涵育出婦女自振的精神力量，仍然相當脆弱、依賴。她們其實祇完成了女性意識對外部世界的探索，更進一步，晚近大陸「女性文學」裏的知識女性開始注意內在自我的培養，她們在剖析和審視自身命運中認識了女性自身的尊嚴和價值㉘。至此，大陸當代「女性文學」裏客觀而成熟的女性意識也就歷歷在望了！

五　性愛意識：性愛之於女人，更多的是來自生命本體的驅迫

張潔的〈愛，是不能忘記的〉揭櫫了大陸知識女性的覺醒意識，小說裏，女主角鍾雨把愛情看作是精神的自由振奮、主體的自我實現，執著愛情是和恢復女性最基本的權利相連的。那種愛情幾幾乎未訴諸感官，而完全偏向於柏拉圖式的精神戀愛。張抗抗和張辛欣等年輕一輩的女作家的愛情觀則前進不少，她們筆下的知識女性視愛情選擇爲人生選擇，嚮往愛情中的理想之光，希望找到志同道合的同行者。可以說，這兩類女作家筆下的愛情著重強調女性的是自我意識，關注

㉘ 同⑪，《當代文藝思潮》（一九八七年六月），頁五二；轉引自《中國現代、當代文學研究》（北京：一九八八年一月），頁一〇九。

的是女性人格素質的自我完善和社會歷史感的結合㉙，而殊少描寫女人在愛情中的精神狀態、心理體驗、靈與肉的衝突等。也是知青出身的大陸女作家王安憶後期發表的〈荒山之戀〉㉚、〈小城之戀〉㉛與〈錦繡谷之戀〉㉜三篇小說卻石破天驚地揭示了性愛在女性經驗裏所具有的神秘深度，賦予了作品性愛之於知識女性的認識價值，適足塡補大陸當代「女性文學」裏愛情描寫過於簡淨和淡泊的缺憾。

〈小城之戀〉的女主角是個情竇初開的劇團演員。在性愛力的驅策之下，陷入情欲的深淵。後來珠胎暗結，她不但不恐懼這小生命出來以後將帶給她的麻煩、困擾，反而，「極心愛那腹中的生命，好奇得不得了。」㉝因爲她的母性被這小生命喚起了。同時，她以往浮躁騷動的情緒也獲得紓解、昇華，她變得「非常的平靜，那一團火焰似乎被這小生命吸收了，撲滅了。」㉞當一對雙胞胎從女主角體內生出的時候，這個初爲人母的小婦人深刻感受到生命交給她的不可推卸的愛與責任，她一度墮落的靈魂就這樣在母性的皈依中得以聖化，這毋乃是女人在人格、情操方面

㉙ 張韌，〈三點構架：現代靈魂的審視與拯救——張抗抗的小說藝術世界〉，《鍾山》雜誌（南京：一九八七年五月），頁五三；轉引自《中國現代、當代文學研究》（北京：一九八七年十月），頁九八。
㉚ 王安憶，〈荒山之戀〉，《十月》雜誌（北京：一九八六年第四期），頁三二—七八。
㉛ 王安憶，〈小城之戀〉，《上海文學》（上海：一九八六年第八期），頁四—三一。
㉜ 王安憶，〈錦繡谷之戀〉，《鍾山》雜誌（南京：一九八七年第一期），頁四—四三。
㉝ 轉引自王安憶，〈小城之戀〉（臺北：林白出版社，七十七年二月），頁一八一。
㉞ 同㉝。

對於男人的超越，這其中透露了王安憶對性愛之於女性人格的深刻理解與體悟[35]。

〈荒山之戀〉則講述的是兩個女人先後愛上一個性格柔弱、並不值得去愛的男子的故事。女主角「她」因爲這個男子性格中女性般纖弱的氣質喚醒了她潛在的母性，她於是願意和他結合，在他的依賴中，她深厚的柔情和愛心因而有了出路。然而，他的軟弱也使他不足以抵禦婚外之戀的誘惑，他於是背叛了妻子和一個住在金谷巷的女孩子墮入了情網。金谷巷的這個女孩是另一種心理類型。她喜歡在與異性的調情中實現自體感受，達到自我肯定。她的行爲帶有某種在社會文化限制之下，和異性不能自由交往的反抗的意味在。這個具反叛意識的女子挑戰封閉、禮教社會的結果，不但未爭來她嚮往的愛情自由與歡愉，反而陷自己於絕望與焦慮的感情深淵。她最終只有在與男主角「生不能同時，死同日」的殉情裏，才實現了精神上的自我肯定。歸根結底，〈荒山之戀〉這篇小說戳破了許多女人爲並不值得她們那麼去愛的男人去犧牲、奉獻的心理奧秘——女人愛男人，往往並不是爲了那男人本身的價値，而僅僅是因爲自己的愛情理想，母性意識特別強的女人於是每每要遭逢這類性格悲劇了！

〈錦繡谷之戀〉探討的也是女性在愛情生活的心理狀態。女主角也是位作家，她和丈夫所擁

㉟ 王緋，〈女人：在神秘巨大的性愛力面前——王安憶「三戀」的女性分析〉，《當代作家評論》（瀋陽：一九八八年三月），頁一〇一；轉引自《中國現代、當代文學研究》（北京：一九八八年八月），頁一七一。

有的平庸、乏味的婚姻生活使她文人秉賦的豐富、唯美感受斲喪殆盡。像大多數中國女人一樣，即便對自己的婚姻感到倦怠、窒息，她卻「既沒有重建的勇敢與精神，也沒有棄下它走出去的決斷。」[36]一次廬山的出差，錦繡谷中的旖旎風光點燃了她和另一位與會男作家的心火，兩人在無言緘默中的精神交流，復甦了這個不甘平淡生活女作家已然痲痺的感覺。她一時間整個人沈醉在這突如其來的愛情感受裏，甚至虛幻地期盼這份感情的永恆。廬山的分手，實際上是這段出軌感情的結束，這個浪漫、癡情的中年女人卻執迷不悟地期待著那個逢場作戲男作家的來信。〈錦繡谷之戀〉講的就是這樣一個在現代社會裏，極其庸俗的外遇故事，它所傳達的不外是知識女性藉愛情以尋求一種持久的親密關係、追求自我肯定的訊息。

王安憶這「三戀」作品歸結出大陸當前新舊文化傳承、雜揉階段裏，某些女性知識份子的性愛意識——在兩性關係裏，她們追求的，其實並不是異性，而是自己的愛情理想。說到底，她們的愛情悲劇都是順從女子天性，欠缺獨立、自主的精神力量有以致之。或許少一點對天性的屈從，多一點對它的主宰和改造，大陸當代知識女性在性愛之前庶幾可以獲得更多的人的自由[37]。

---

[36] 同[32]，頁二二七。
[37] 同[35]，頁一〇二；轉引自《中國現代、當代文學研究》（北京：一九八八年八月），頁一七二。

六　客觀、成熟的女性意識：女性意識與現實環境的和諧統一

大陸這一代的知識女性在對外部世界的探索中，發展出了獨立、奮鬥的自強意識，女性自此掙脫和批判了禁錮了她們有數千年之久的傳統勢力，但她們還不曾做到對自我的肯定。一直要到「文革」後成長的年輕一輩女作家陳星兒、劉索拉、劉西鴻等的崛起，她們作品中的女性意識不再是偏激的外在索求，而是本然的內在自賦[38]。大陸這一代知識女性走過一條艱辛的成長之路，終於建構起自信、自足的主觀意識，並與客觀現實達到和諧、統一。

劉西鴻的短篇小說〈月亮搖晃著前進〉[39]還是脫不了女性感情生活的主題。女主角若愚並不是對大陸女性長久以來低微的社會地位無所知悉，但當她的男朋友要她放棄自己的事業追求時，她並不憤激、抗爭，而是冷靜地認知到：「她是女人，她可以做妻子，可以生養孩子，可以烹調，可以編結，可以裁剪，但要她能前進的時候必定先前進，她首先要前進。」[40]「錢、財、丈夫都是

---

[38] 同[11]，頁五三—五四；轉引自《中國現代、當代文學研究》（北京：一九八八年一月），頁一一〇—一一一。

[39] 劉西鴻，〈月亮搖晃著前進〉，《人民文學》（北京：一九八六年九月），頁四—三四。

[40] 同[39]，頁一八。

身外物，不是自己的。只有事業，自己的事業才與自己同在。」㊶若愚對女性自我的認識是在承認女性天賦之責的前提下，輕鬆地意識到女性應先爭取到獨立和自強。這種對現實的冷靜分析，透露出大陸新一代女性的洒脫。女性的自我意識自此已趨向於對內自審的客觀和對外合作的寬容㊷。〈方舟〉和〈在同一地平線上〉裏女性自強意識伴隨而來的桀驁不馴以及女性的「雄化」於是讓位給女性的親切、理智，大陸知識女性的女性意識經過漫長的探索道路，終於成熟了。

劉索拉小說中的女性，更幾乎超越了自覺的女性意識，而以西方嬉皮士的形態，表現出大陸這一代年輕女性對生命的無以解脫的責任感。〈藍天綠海〉㊸裏的女歌手和蠻子這兩個年輕女孩子，在生活中所扮演的已不再是受氣的少婦或是有自尊意識的女知識份子。她們的潛意識裏，已然跳脫了女性一己的自覺意識，代之以一個現代人的幻滅感與危機感。大陸「女性文學」裏的女性意識於是融合於現代意識之中，達到了女性意識與人的意識的合而為一。

七 結論

㊶ 同㊴，頁二二一。
㊷ 同㊲。
㊸ 轉引自劉索拉等著，《中國大陸現代小說選》（輯一）（臺北：圓神出版社，中華民國七六年九月），頁一二三—一七七。

所謂女性意識源於女性特有的生理和心理的反映，因而使得她們在體驗和感受外部世界時，有著自己獨特的方式和角度。同時，女性意識的發展又與人類社會的結構、演變有著不可分割的關係。不同的歷史階段於是決定了女性意識發展的不同方式與內容。

「文革」結束後漸趨改革、開放的大陸社會環境，尤其是七九年大陸思想界關於馬克思主義和人道主義的討論，提出對於人的尊嚴、人的價值以及人的權利給予尊重的呼籲，在在，都啟發了女作家對於自身生存環境的思考，而有八〇年代大陸「女性文學」作品的勃興㊹。

諶容、張潔、張辛欣、張抗抗、王安憶、劉西鴻、劉索拉等分別是中、青、更年輕三個層面的大陸當代女作家，因爲年齡和經歷的不同，她們作品裏對女性意識的理解和體現也就迥然有別。

諶容、張潔是中年一輩的女作家，她們身上有著較濃厚的傳統意識，諶容小說〈人到中年〉裏的女醫師陸文婷於是只能用默默忍耐、委曲求全的方式以爭取自我價值的實現，展現的是朦朧、含糊的女性意識；張潔的〈愛，是不能忘記的〉裏的女主角鍾雨，雖然對愛情作出強烈的呼喚和追求，但她身上的傳統氣質還是令她以巨大的克制以及自我犧牲來保持與外部世界的和諧；而知青女作家張抗抗同樣執著愛情的小說〈北極光〉，女主角岑岑卻是用勇敢的抗爭與追求去護

㊹ 陳志紅，〈走向廣闊的人生——對新時期「女性文學」的再思考〉，《文藝理論家》（南昌：一九八七年二月），頁一六；轉引自《中國現代、當代文學研究》（北京：一九八七年五月），頁四〇。

衛自己的愛情，一方面表現了現代女性的剛強氣質；另一方面，她將愛情抉擇視同人生抉擇，於是在愛情的追尋裏，隱含了追尋自我的成分；〈方舟〉、〈在同一地平線上〉兩篇小說的主體更完完全全是知識女性以自信、自強精神，去謀求事業上的發展，以實現女性爲社會承認的「社會人」的價值；女作家王安憶的「三戀」作品則透露了大陸當前某些知識女性的性愛意識——她們愛男人，常常不是爲了那男人本身的價值，而往往是爲了女性自身的愛情理想，卽藉愛情以尋求自我的肯定；一直要到大陸更年輕一代女作家劉西鴻、陳星兒、劉索拉等的出現，她們的作品〈月亮搖晃著前進〉和〈藍天綠海〉裏的女性才在坦然接受女性天賦之責的前提下，仍然充分意識到女性要爭取獨立和自強，甚至，這些現代女性更超越了女性一己的自覺意識，她們深切感受的乃是一個現代人普遍具有的幻滅感與危機感，女性意識自此可說是完全融化於現代意識之中，達到女性意識與現代意識的融合。大陸當代「女性文學」裏的女性意識就這樣迭經五變——由朦朧的女性意識孕育了女性意識的覺醒，進而發展出了女性的自強意識、性愛意識，終而有客觀、成熟的女性意識的產生。在短短十年裏，大陸知識女性女性意識的這種發展過程，不能不說是一項相當值得稱道的進步。

張賢亮文學作品的剖析

■有的指責作者是個「僞君子」；有的批評作品太「左」；有的責難作品太「右」；

■當許多曾經和他一樣神采飛揚的年輕人一個個變得目光呆滯、神情麻木的時候，張賢亮却能夠以飽滿的精力迅速恢復過來。

一 前言

縱觀大陸近年文壇，眞可謂「千巖競秀，萬壑爭流」，一大批才華橫溢的中青年作家的崛起，以及他們各具風貌的作品的面世，用「百花齊放、百家爭鳴」來形容毫不爲過。在這些文壇新秀中，張賢亮以其卓爾不羣的藝術風貌緊緊地攫住了海內外眾多讀者的視線，尤其是其中篇力作〈男人的一半是女人〉於一九八五年在《收穫》雜誌第五期上刊出後，這一期的《收穫》立即洛陽紙貴，被搶購一空。大陸內外多家報刊也競相轉載，讀者和文藝批評家對這篇小說更是意見分歧，眾說紛紜❶；有的稱道作品在「性文學」禁區荒漠上的開拓❷；有的指責作者是個「僞君子」❸；有的批評作品自然主義地描寫了「性關係」❹；有的批評作品太「左」，認爲不該歌頌苦難、美化災難❺；還有的責難作品太「右」，藉著大騸馬的牢騷話肆意攻擊「黨」對知識分

❶ 曉宣，〈張賢亮其人其文〉，香港《鏡報》月刊一九八六年十二月，頁六四。

❷ 胡少安，〈張賢亮談家庭創作和理想〉，香港《文匯報》，一九八六年十二月二十二日，第三版。

❸ 顧國泉，〈章永璘靈魂中的「魔障」——論張賢亮的「男人的一半是女人」〉，《石莊家文論報》，一九八六年二月二十一日第二版；轉引自《中國現代、當代文學研究》，一九八六年三月，頁一五五。

❹ 同❷。

❺ 方文，〈小說「男人的一半是女人」討論綜述〉，《學習與探索》，八六年三月，封面第三頁。

子的政策❻；另外有人談到作家不够眞誠，處處有道德辯解和懺悔的痕跡❼；當然，有更多的文評家肯定作品主題的嚴肅、刻劃的逼眞、和對人物命運的深沉思考❽。《文藝報》爲這篇小說還特意召開了一項座談會❾，其受矚目與重視的盛況，卽可見一斑了。八七年三月裏，張賢亮的〈綠化樹〉及〈男人的一半是女人〉一併在此間搶灘登陸，成了繼阿城的《棋王、樹王、孩子王》之後的另一股「大陸文學熱」。這兩篇小說是作者計畫撰寫的由九部中篇所組成的系列小說《唯物

❻ 許子東，〈在批評圍困下的「男人的一半是女人」——兼論作品的多層次意蘊和多層次評論〉，《上海社會科學》，一九八六年四月，頁七四。

❼ 曾鎭南，〈負荷著時代的痛苦的靈魂——評「男人的一半是女人」〉，北京《讀書雜誌》，一九八六年八月，頁六五。

❽ 這些觀點普遍見於爲該作品而召開的各討論會的發言記錄中，或爲數不少的評論文章裏，例如：〈「男人的一半是女人」的是與非〉——「華南師大當代文學討論會記要」，廣州《羊城晚報》，一九八六年一月十三日，第二版，轉引自《中國現代、當代文學研究》，一九八六年二月，頁一四一；孫毅，〈理性超越中的感性困惑——關於「男人的一半是女人」的思考〉，瀋陽《當代作家評論》，一九八六年一月，頁五八—六二，轉引自《中國現代、當代文學研究》，一九八六年二月，頁一三一—一三五；方淳，〈泡在女人眼淚裏的卵石——論張賢亮「男人的一半是女人」中的章永璘〉，福州《當代文藝探索》，一九八六年一月，頁三二—三五，轉引自《中國現代、當代文學研究》，一九八六年二月，頁一三七—一三九；王一川，〈從自嘲到自虐——「染色」和「男人的一半是女人」之比較〉，太原《批評家雜誌》，一九八六年三月，頁一六—二〇，轉引自《中國現代、當代文學研究》，一九八六年四月，頁一二七—一三〇等。

❾ 青芃，〈本報召開「男人的一半是女人」座談會〉，《文藝報》（週報），一九八五年十一月三十日。

者的啟示錄》中的頭兩篇⓾，在內容及思想脈絡上前後承接、彼此呼應；〈男人的一半是女人〉又因其內在結構的奇瑰複雜和意蘊層次的豐富多樣，而招來前述的各類批評，爰對這兩篇小說試作分析如後。

二　作者生平介紹

張賢亮是江蘇人。一九三六年的十二月出生於南京一個富裕商人的家庭裏。一九四九年在南京讀初中，一九五一年轉學到北平。

張賢亮似乎自小就愛好幻想，總是將自己想像成一個英雄，顯露出那種張揚自我的浪漫氣質。可能正是這種氣質賦予了他一種情感亢奮的詩人的特質。早在南京唸初中時，張賢亮就熱衷寫詩，並且組織詩社，頗受當時南京的胡風分子的賞識。他自己說過：「我的文學修養的根基開始是紮在西歐古典文學和北美近代文學之上的。」他的作品的確透露出迥異於阿城簡淨疏淡中國風味的濃郁華麗的歐洲浪漫文學的氣息。

一九五一年，張賢亮開始在南京《新華日報》上發表新詩。一九五五年中學畢業後，隨卽移

⓾ 同❶。

居甘肅，在甘肅省委幹部學校裏任教師。一九五七年一月，他在《延河文藝》上發表抒情詩〈夜〉，接著又陸續發表了〈在收工後唱的歌〉、〈在傍晚唱的歌〉等詩。至當年七月，他已在《延河》、《星星》、《詩刊》、《中國青年報》等報刊上發表新詩六十餘首。同年，他又發表了轟動西北文壇的政治抒情詩——〈大風歌〉。該詩氣勢磅礴，年輕人的豪邁激情躍然紙上。《延河文藝》還針對這首詩，發表文章進行了討論。不幸的是，正巧遇上「反右運動」，隨著運動的不斷發展，這首詩居然被看作是不滿現實，向「黨」進攻的革命詩篇。張賢亮因此被劃爲「右派份子」，當時他年僅二十一歲，是最年輕的「右派」作家之一。

一九五八年，他被下放到寧夏南梁農場去勞動改造。從一九五八到七六年，將近二十年的漫長歲月裏，張賢亮戴著這頂「右派」帽子，先是被革掉了公職，後來又經受了兩次「勞動教養」一次「管制」，一次「羣眾專制」，一次關進監牢。他就這樣地在寧夏偏僻、窮困的小山村裏，長期過著饑寒凍餒的苦難生活，受盡了肉體上和精神上的諸般折磨。

也許應該歸功於他那天生的自負，在這一連串殘酷的磨難面前，張賢亮竟沒有喪失生存的勇氣；相反地，他調動起全部的意志力，拚死去適應環境，想盡辦法要活下去。這是一場生與死的決鬪，他勝利了，當許多曾經和他一樣神采飛揚的年輕人一個個變得目光呆滯、神情痲木的時候，張賢亮卻能够以飽滿的精力迅速恢復過來，重返文壇，勃發出新的藝術活力。

一九七九年九月，張賢亮的寃案得到徹底平反。一九八〇年，加入《朔方》雜誌社任編輯，又加入「中國作家協會」，同年還當選「寧夏作家協會」理事，也和《朔方》雜誌社的同事馮劍華結了婚。馮是安徽阜陽人，畢業於復旦大學中文系，和張賢亮志同道合，目前育有一子。

隨著「文革」那個瘋狂時代的結束，隨著他張揚自我的浪漫天性的重新萌發，張賢亮長期蘊積的創作熱情終於像火山岩漿般地迸發了。一九七九年，根據自己的下放經驗，他一口氣地在《寧夏文藝》上發表了〈四封信〉、〈四十三次快車〉、〈霜重色愈濃〉、〈吉普賽人〉等小說，揭露極左路線罪惡，小說中表現英雄壯舉的熱烈行動。

一九八〇年，他的短篇小說〈靈與肉〉在《朔方》雜誌上發表。小說描寫世家子弟出身的知識分子許靈均在文革中的命運，榮獲一九八〇年「全國優秀短篇小說獎」。這篇小說後來改編成電影劇本〈牧馬人〉，也獲得了「全國優秀故事片獎」和馬尼拉「國際電影節榮譽獎」。根據他小說〈浪漫的黑炮〉改編的電影「黑炮事件」，是大陸近年最被看好的電影之一。

之後，張賢亮又陸續發表了〈在這樣的春天裏〉、〈邢老漢和狗的故事〉、〈土牢情話〉、〈夕陽〉、〈龍種〉、〈壠上秋色〉、〈河的子孫〉、〈肖爾布拉克〉等中、短篇小說，和二十四萬字的長篇小說〈男人的風格〉。中篇小說〈龍種〉、〈河的子孫〉獲《當代》雜誌文學獎；短篇小說〈肖爾布拉克〉獲一九八三年「全國優秀短篇小說獎」。

然而，眞正使他成爲一位有爭議性的知名作家的，則是在一九八四及八五年先後發表了〈綠化樹〉及〈男人的一半是女人〉兩個中篇之後。張賢亮計畫以十八年時間，來完成這部史詩般的皇皇巨著——《唯物者的啟示錄》，眞實地反映大陸這一代知識分子的命運及心路歷程。

張賢亮目前是「寧夏文聯」副主席、「中國作家協會」主席團委員，「中國作家協會」寧夏分會主席。並任六屆「全國政協委員」。他十二萬字的新作「早安，朋友」近期內將出版，涉及的是中學生的性問題。他表示將繼續撰寫《唯物者的啟示錄》中的第三篇，擬採用新的手法，表達當代人的思想和追求⑪。

張賢亮基本上是一個嚮往人權、正義的知識分子。在八六年大陸一片「寬鬆、和諧」，要求「政治體制改革」的氣氛裏，張賢亮也不甘落人後地發表了一篇題爲〈社會改革與文學繁榮——給溫元凱書〉的長文⑫。文中發聾振聵地指出：「要給資本主義『平反』，要參照資本主義的經驗和模式，來改造自己國家社會的政治體制。」他主張，「中國的當務之急，就是發展商品經濟，提高生產力的同時，參照現代資本主義社會的政治體制、司法體制，縱向經濟指導方式和橫向聯合方式，來改造我們超穩定的社會——政治結構。」

這篇宏論發表後，立卽引起中共高層的反應。胡耀邦爲此下了一道批示：「張賢亮的文章走

---

⑪ 有關張賢亮的生平及著作資料主要根據a、立文，〈張賢亮與「牧馬人」〉，香港《鏡報》月刊，一九八二年十二月，頁六〇；b、曉宣，〈張賢亮其人其文〉，香港《鏡報》月刊，一九八六年十二月，頁六四—六六；c、王曉明，〈所羅門的瓶子——論張賢亮的小說創作〉，《上海文學》，一九八六年二月，頁九〇—九一，轉引自《中國現代、當代文學研究》，一九八六年四月，頁一〇四—一〇五。

⑫ 張賢亮，〈社會改革與文學繁榮——與溫元凱書〉，《文藝報》，一九八六年八月二十三日，第二版。

得太遠了。」不久，又在《紅旗》雜誌的一份材料上批示：「現在有大量問題，許多人，特別是年輕人，缺乏正確的認識，什麼『民主』、『平等』、『人性』、『眞理』、『人道主義』、『權威』、『道德』等等，都有一大堆糊塗觀念或錯誤的理解。我們許多確有造詣的作家，不樂意寫一些能啟廸青年的文章，又不願紮根於中國的實際裏，讀了一點外國人的東西，或者聽到國內一些並沒有經過深思熟慮的議論，就高談濶論起來，這的確有點令人擔憂。」⑬不言而喩，這段批示的針對性是極其明顯的。

八七年一月裏，神州大陸掀起「反對資產階級自由化」的鬪爭。胡喬木的愛將，北平市委副書記徐惟誠開了一份黑名單給鄧小平，包括劉賓雁、王若望、方勵之、張賢亮、溫元凱、于浩成、胡績偉、王若水、于光遠、許良英、郭羅基、戈陽、李洪林等人都赫然在列⑭。劉、方、王三人雖然被清除出黨，卻硬骨頭到底，堅不認錯⑮；中共雖要求王若水、于浩成等人自動退黨，王、

⑬ 轉引自呂宗仁，〈張賢亮宏論〉，香港《明報》，一九八六年十一月五日，第五版。

⑭ 張結鳳，〈忠誠黨員被清除出黨〉，香港《百姓》半月刊，一九八七年二月一日，總第一三七期。

⑮ 有關劉賓雁拒不認錯的報導見高平，〈劉賓雁隱去四川寫作，北京去的說客碰釘子〉一文，香港《明報》一九八七年六月三日；關於王若望堅拒妥協的報導，見瀟雨，〈殘年風中燭，幾回吹未滅——記徐四民在上海探望王若望〉，香港《鏡報》月刊，一九八七年七月，頁四三；另香港《百姓》半月刊，一九八七年一月十六日，總第一四八期上，刊出一位美國學人最近到上海，訪問王若望夫婦的訪談資料，他同時得到王若望近數月受批後所寫的文稿，一併登出。文中，王若望不改對中共當局的嚴厲批判；有關方勵之擇善固執的報導則見於香港《明報》，一九八七年一月二十五日，第六版。

于等人自反而縮，悍然拒絕之⑯；張賢亮的反應卻逈然不同了。驚恐、緊張之餘，在爲「反對資產階級化」鬪爭粉飾太平，與港澳記者會面時，張賢亮表示：「願意通過反資產自由化不斷修正和深化自己的認識」，還說：「不堅持自己的看法」；批評劉賓雁：「有情緒化、偏見的一面。」，表示「不同意他的『第二種忠誠』。」⑰棍棒一掄過來，就跪地求饒、搖尾乞憐了。將近二十年的勞改將張賢亮教成爲一個見風駛舵的機會主義者。他的立即表態、改悔，使得他的名字在中共最近發佈要求退黨的名單中僥倖略掉；把他和劉賓雁、王若望等人的錚錚鐵骨一起放到天平秤上，孰輕？孰重？就極其明顯了。

三　饑餓心理學：〈綠化樹〉的本體象徵

〈綠化樹〉表面視之，可以簡單概括爲：知識分子章永璘如何在反右、文革期間，在農村接受貧下中農再教育，並與塞外女子馬纓花產生愛情而終未結合的故事。然深一層看，它其實是一篇饑餓的告白，旨在探討「什麼是人」這個問題⑱。

⑯ 香港《明報》，一九八七年七月十八日，第五版。
⑰ 香港《九十年代》月刊，一九八七年五月，頁四二。
⑱ 王魯湘、李軍，〈一陰一陽之謂道——「綠化樹」、「男人的一半是女人」的本體象徵及其他〉，蘭州《當代文藝思潮》，一九八六年二月，頁一一；轉引自《中國現代、當代文學研究》，一九八六年四月，頁一一四。

作品一起首，卽極力鋪寫了章永璘一夥勞動犯的饑餓情境：在赴就業農場途中，他們個個睜大了眼睛，像鷹犬一般，搜尋著任何觸目可及的標的——食物。某人找到一小截又瘦又癟的黃蘿蔔，卽大叫「祖宗有靈」。

「『祖宗有靈』成了勞改農場裏遇到好運道時的慣用語。譬如打的一份飯裏有一塊沒有融化的麵疙瘩；領的稗子麵饃饃比別人稍大；分配到一個比較輕鬆而又能撈點野食的工作……人們都會搖頭晃腦地哼唧：『祖宗有靈』啊！」⑲

章永璘的饑餓情況則是：一米七八的個子，只有四十四公斤；炊事員多賞點帶菜葉的稀飯，兩個隔宿的麵饃饃，就喜出望外；還將裝「克林」奶粉的罐頭筒改裝成帶把的搪瓷缸，利用同等材料做成的容器以筒形容量爲最大的幾何原理，誆騙炊事員多給點飯食；又要奸使壞，愚弄憨直老鄉們，以多換點糧食，「饑餓變成一種有重量、有體積的實體，在胃裏橫衝直撞，還會發出聲音，向全身的每一根神經呼喊：要吃！要吃！」⑳

白天，章永璘可以是「獸」，被迫是獸，也必須是獸，爲了求生，可以使出諂媚、討好、詐欺，各種各樣的奸計詭詐，以多得點食物；到了夜晚，凝聚在他身上的幾千年來人類智慧和文明

⑲ 張賢亮，〈綠化樹〉，原刊在大陸刊物中，本地新地出版社予以整理出版，本文引自臺北新地出版社，民國七六年三月，頁五。

⑳ 同⑲，頁四二。

結晶的人性甦醒了，他於是爲自己白天的種種卑賤邪惡的行爲而深自汗顏，對自己感到深深的厭惡。以章永璘爲代表的大陸知識分子，處身在嚴酷的現實裏，不時就在這種既要求生，又爲強烈悔罪意識折磨中熬煎度日，熬煎的結果多半是麵包、溫飽佔了上風，〈綠化樹〉裏的章永璘對生活、對愛情，都是採取了一種捨棄自我，以俯就外在的形式。

　　章永璘是怎麼淪落到這個非人境遇的？章永璘那種由求生本能驅使而盲目活著的無人性的生命狀態當然不是從來都是這樣的。張賢亮在小說中抽絲剝繭地爲我們揭開了章永璘的身世之謎：「教育我的高老爺式的祖父母和古蕠甫式的伯父、父親，在我偶爾跑到佣人的下房裏玩耍時，就會叱責我：『你總愛跟這些粗人在一起！』」㉑顯然章永璘出身於一個飫甘食旨、有文化素養的家庭，是中共的歷次極左運動把他這個資產階級知識分子剝蝕成這個樣子的。儘管章永璘也「懷疑爲什麼要把能促使人精神高尚起來的東西，把不平凡的抒情力量都否定掉」㉒但當時的全部現實不僅是用邏輯批判，更重要的，是用現實的否定來「教導」章永璘認識並心悅誠服地接受了這個歷史必然性：他是屬於那個覆滅了的階級的，他的整個精神和人格是由那個被現實絕對否定，並與之決裂的「資產階級文化」和「封建文化」所塑造的，文化和階級於是要一齊被摧毀㉓。接受

㉑同⑲，頁六五—六六。
㉒同⑲，頁四〇。
㉓同⑱，頁一一五。

了這種歷史命運後，章永璘於是把種種非人折磨都看成是對他的懲罰，以贖罪的心情去承受它。同時，章永璘也「自慚形穢了，輕蔑，我已忍受慣了，已經感覺不出別人對我的輕蔑了。」[24]「我是被人管慣了，呵叱慣了，沒有管教和呵叱，對我來說倒不習慣了；我必須跟在一個管我的、領我的人後面。」[25]章永璘甚至懷疑起他所有的種種詭詐心機都和出身資產階級家庭有關。他雖然沒有資產，但身體中遺傳了資產階級的種種習性。章永璘最終認定：「像我這種家庭出身的人，一生的目的都在改造自己。」[26]至此，那種幾乎把所有知識、文化都看成是資產階級的精神財富的極左邏輯已經內化爲章永璘的一個「情結」[27]，他因此產生了強烈的「原罪感」與「自卑感」。更可悲的是，這種因認同混亂而造成的謬誤心態在當時知識分子羣中極其普遍，因此發生了由五七年開始大張旗鼓，至文化大革命而登峯造極的知識分子「大閹割」的悲劇[28]。

由於「饑餓」，不僅僅是胃的饑餓，也是靈魂的饑餓，使得章永璘一旦獲得自由，有可能按照自己意志來廣搜博取時，他便積極地展開了攫取食物——不僅僅是物質的食物，也是精神食物的活動。女主角馬纓花的出現，無疑滿足了章永璘雙重的要求。馬纓花是個漂亮、佻達的年輕婦

---

[24] 同[19]，頁三。
[25] 同[19]，頁一九。
[26] 同[22]。
[27] 同[23]。
[28] 同[23]。

女，帶著一個身世不詳的小男孩生活在章永璘下放的那個荒涼、貧瘠的小山村裏，自然地成了眾人矚目的焦點。而馬纓花又開朗而好客，趕大車的海喜喜、瘸子保管員，以及其他農場隊員們，於是不時地到她屋子裏去串門子、閒聊解悶。他們為此付出的代價是——提供馬纓花以定量以外的糧食。就這樣，在別人三餐難以果腹，徘徊在饑餓線上的時候，馬纓花家裏卻堆滿了麵粉、大米、黃米、高粱、黃豆、豌豆，各種各樣的糧食。一個小女子的巧笑倩兮，就突破了中共嚴格的糧食配給制度，難怪，農場裏的其他婦女羨妒之餘，要拿「開美國飯店」來揶揄她了。「在農工們看來，美國是個荒唐的、污七八糟的、充斥著男女曖昧的地方，卻又是個富裕的、不愁吃不愁穿的國家。把這個國家加在馬纓花頭上，是完全沒有意義的，是完全沒有惡意的，至多不過是種嘲笑而已。」㉙張賢亮還補充說明：馬纓花所以取得農、工們的好感，絕不是憑她的姿色，她是用貞誠與善良換得了別人的善意與同情。這麼一個漂亮、熱情的少婦，和她的豐足、溫煦的小屋，於是像寒星般照亮了荒寂的塞外山村，提供章永璘和農場隊員們以溫飽和慰藉。

馬纓花慨贈白麵饃饃給章永璘，對他的施捨又表現得很自然，對他的憐憫並不會使他難堪，而是帶著一種孩童式的調皮和女人特有的任性。馬纓花的食物進入章永璘的胃囊後，於是，化成了熱，化成了能，還化成了一首維爾蒂的「安魂曲」，把沉淪下去的章永璘拯救了出來。

㉙同⑱，頁一一四。

馬纓花對於章永璘而言，不啻是一種立體的人的呼喚，又是溝通章永璘的過去、現在和未來，使他的生命恢復歷史感的重要因素。她除了提供章永璘一個人的環境、一種人的關懷，更重要的是，給了他一個具體可感的人的理念的感性實在。馬纓花同時還是個巧慧解語的精靈，對於任何超凡脫俗的幻想都能理解和接受。她在精神層面上似乎對章永璘不曾施與過什麼，卻以她的純潔、質樸對章永璘默默進行了「無言之教」㉚。

與馬纓花一樣行「無言之教」的，還有個趕大車的海喜喜。海喜喜的存在，對於當時的章永璘，不僅是個誘惑，也是一種挑戰，一個威嚇，一個沒有什麼似水柔情的硬梆梆的否定。他整個人就是那個蠻荒、慓悍、粗鄙、冷峻的男兒性格的具體呈現，逼著章永璘知識份子性格中常見的懦怯、孱弱、委靡等特質向他解兵曳甲、俯首稱臣。章永璘於是經歷了由自我否定，轉而向海喜喜認同的過程。他的男兒血性漸漸被喚醒過來，從心底恢復了一個男人的氣魄和風骨。這乃是馬纓花所做不到的㉛。

我們不能低估章永璘向海喜喜的認同，海喜喜對章永璘的逆補——和馬纓花的順補，相反相成，二者在章永璘由一個空靈、孱弱的知識份子蛻變為一個實在、強壯的勞動者的過程裏，都發

㉚ 同⑱，頁一一七。
㉛ 同㉚。

揮著重要的作用㉜。二十年後，當新生的章永璘重新踏上那片土地時，他對自己的蛻變過程給予如是的肯定：「我雖然在這裏度過了那麼艱辛的生活，但也就是在這裏開始認識到生活的美麗，馬纓花、謝隊長、海喜喜……這些普通的體力勞動者心靈中的閃光點，和那寶石般的中指紋，已經溶進了我的血液中，成了我變爲一個新的人的質素。」㉝

四　女性崇拜——〈綠化樹〉中章永璘的愛情

馬纓花的「化生之德」使得章永璘得以復歸爲「人」，章永璘禁不住對她發出「聖潔」、「崇高」、「神聖」、「仁慈」等等的禮讚，對她懷著溫柔的愛情：「一一輕吻她的拇指、食指、無名指和小指尖，握著她的手，捂著自己的臉。」㉞當章永璘對她有進一步的要求時，她的答覆是：「行了，行了，……別幹這個……幹這個傷身子骨，你還是好好地唸你的書吧！」㉟沒有情慾，甚至也不是一般的愛情，純粹是女人爲愛情的一種獻身的熱忱。張賢亮在一篇文章裏曾經談到：他小說

㉜ 同㉚。
㉝ 同⑲，頁二四九。
㉞ 同⑲，頁一九一。
㉟ 同⑲，頁一六六。

裏的婦女都是具有頑強生命力，又對生活充滿了美好信念的一類人。她們讓他深刻體會到中華民族的堅韌性，頑強的苦鬪精神，和對生活的摯愛[36]。馬纓花是這個典型，張賢亮其他幾篇小說：〈吉普賽人〉、〈河的子孫〉、〈土牢情話〉、〈靈與肉〉裏，他的每個化身旁邊，也都有著這麼一位對他滿懷憐愛，不惜爲他犧牲的女人。這幾乎已成了張賢亮小說的基本公式。也許張賢亮並未意識到，他實際上是把女人當成了人類的代名詞，當成了美、善的化身。因此，他才會對他們傾注了滿腔的浪漫幻想。這兒，暴露了張賢亮獨特的藝術個性——儘管他心中躁動著張揚自我的激情，他實際上並未從苦難所加諸給他的軟弱心態中解放出來。「綠化樹」時代的張賢亮還未培養出自振的剛強力量，他實際上並不擅長彈奏強勁有力的男性奏鳴曲，女性的婉約纏綿的咏嘆調，似乎更適合於他[37]。

馬纓花又名「綠化樹」，作者以此爲題，明顯地是對女主角不盡的追思與懷想。〈綠化樹〉中，張賢亮以葉蘭根尼、奧涅金詩「有個主婦，還有一罐牛肉湯」[38]以概括章永璘的幸福觀——卽能追求到生活上的安適溫飽，卽於願足矣！但其實吃飽後的章永璘已經對他和女主角之間愛情的本質起了懷疑與迷惘。他自問道：「我能娶她作爲妻子嗎？我愛不愛她？（我對她的）情感原

[36] 同[11]b，頁四六。
[37] 同[11]c，頁一〇九。
[38] 同[19]，頁八八。

來只是我過去看過的愛情小說，或藝術作品中關於愛情描寫的返光。我感到她完全不習慣我那表達愛情的方式，從而也認爲她不可能理解我，我和她兩個人是不相配的！」㊴馬纓花對章永璘的一片貞情當然是毋庸置疑的，但他在愛情裏的最上乘表現，也只是關愛和同情而已。一旦餵飽後的章永璘開始渴望精神和理智上的騰躍和創造時，馬纓花的聖母光輝雖然並未褪色，但畢竟不那麼眩人眼目了！馬纓花於是終必要遭到背叛，成了一個被超越的對象㊵。這是理性和感性的衝突，〈綠化樹〉裏未予深究，只以一股隱隱約約的感傷作結，將它放到〈男人的一半是女人〉裏，作更深刻、尖銳的討論。

五 性心理學——〈男人的一半是女人〉的本體象徵

很明顯地，無論從小說發生的年代、小說主角和主角的階段性看來，〈男人的一半是女人〉都是〈綠化樹〉故事、人物和本體象徵的延續和發展。男主角仍是章永璘，女主角換了黃香久。小說乍看之下，很像只是一部涉及男、女主角之間的「性」的敏感問題的庸俗傳奇；但由本體象徵的角度看，它其實是一篇性苦悶的剖白，旨在探討「什麼是男人」這個問題㊶。

㊴ 同⑲，頁二〇二—二〇三。

㊵ 同⑪c，頁一〇七—一〇九。

㊶ 同⑱。

小說一開頭，張賢亮就以驚心動魄的筆力，描寫了勞改場裏，一羣缺乏文化、而又被禁錮的人的種種粗魯的、畸形的、灼熱的表現[42]。勞改犯們一個勁兒地將想像中的那個吊死女鬼還原爲活生生的肉體的行爲，實在是對一種被壓抑的集體潛意識的形象顯現[43]。章永璘的情形也一樣：「三十一歲的他，每當在被窩裏用粗糙的手撫摸自己的軀體時，他感到一股如火焰般灼熱的暗流，在周身的脈絡中肆無忌憚地亂竄。……撲向它所能看見的第一個異性。」在勞改營裏，愛情「全部被黑衣、排隊、出工、報數、點名、苦戰、大幹磨損殆盡，所剩下來，只是動物的生理性需求。」[44]

緊接著，小說中最重要的一幕場景出現了。一個赤裸裸的女人，「兩臂交叉地將兩手搭在兩肩上」[45]，面對著一個陌生男人，「用眼睛、用她身上每一處哆嗦的肌膚，用她毫不準備防禦的姿態呼喚著。」[46]這個陌生的男人「不斷地嚥唾沫」[47]，顫抖著，看著這個赤裸的女人。在野外的蘆葦深處，一男一女就這樣相隔不遠地僵持著。這是男、女主角的首度邂逅。章永璘暈眩之

---

[42] 孫毅，〈理性超越中的感性困惑〉，來源見[8]。

[43] 張賢亮，〈男人的一半是女人〉，原刊在一九八五年五月份的《收穫》上本文引自臺北文經出版社，民國七十六年二月，頁三六。

[44] 同[43]，頁三五—三六。

[45] 同[43]，頁五六。

[46] 同[45]。

[47] 同[45]。

餘，踉蹌地逃離。逃開之後，卻又非常懊悔，心靈經歷了一連串波浪式前進的洶湧澎湃後，終於衝破了文明的樊籬。情欲的泛濫把他還原爲一個原始的人：「沒有了道德的、政治的、倫理的觀念……只有她那美麗的、誘人的、豐腴滾圓的身體……聳立在一片空白之中。」㊽而章永璘畢竟是體驗過「純潔的、如白色百合花似的愛情」的人，在情欲稍斂之際，他對於自己這樣地受性本能支配，而還原爲野獸般的原始，深自感到一種文化被從身上剝離的痛苦㊾。這是章永璘性苦悶的第一個階段。個人的退化，意味著社會的退化，幾萬年人的進化，突然在殘酷的客觀環境的變異裏，返回到了遠古。

八年後，男、女主角居然重逢在另一個勞改場裏。章永璘爲了記憶中的「線條優美的赤裸裸的肉體」，很快地和黃香久結了婚。「這裏沒有愛情，只有慾求，婚姻原來不是愛情的結果，而是機緣的結果。」㊿

新婚之夜，章永璘懷著對人的正常生活的渴望，興奮地欲與黃香久結合。然而，他卻失敗了。長期勞改犯的生活，不僅使他成了受動物本能支配的非人，而且卽連動物本能也發生了異變——章永璘這個三十一歲的強健男子竟成了一個心理性的性無能(psychic impotence)病人了[51]。

㊽同㊺，頁五九。

㊾同㊷，頁一三二。

㊿同㊸，頁一二〇。

根據弗洛伊德的解釋，這種毛病每每發生在性慾很強的男人身上。主要問題在於：性行爲的當場，性器官不肯合作，然而在事前事後都能證明其本身是健全的，擁有這種能力的，而且在當時，縱情享樂的心理驅策力也不能說不強[52]。張賢亮透過書中被騸大青馬的嘴巴，道出了章永璘的心理癥結：「司馬遷受了宮刑，是外部施加於他的肉體上的殘害手段。這只會激起他更大的憤懣，所以他完成那部叫『史記』的書籍。你全身完好無損，你是在心理上受到損傷，外部刺激刻下的病灶在你的肺腑裏，在你的神經裏……。」[53]「人們爲什麼要騸我們？就是要剝奪我們的創造力，以便於他們驅使。如果不騸我們，我們有自己的自由意志，我們經常表現得比你們還聰明，你們還怎麼能夠駕馭我們？……」[54]對於一個成熟的男人而言，性機能意味著他的創造力和生產力。章永璘並非眞正在生理上被閹割，而恰恰是喪失了至關重要的創造能力、生產力。錯誤路線和當權者的險惡用心已經內化在章永璘的心理感受之中，他因而產生了一種自己眞正罪大惡極，非投身在地獄的刀山油鍋的煎熬中，仍不足以自贖的感覺。正是這種心理上的挫敗無力、一無是處的感覺，使章永璘從而喪失象徵生機的性功能。

爲了揭露心理閹割的最深刻的根源，作者還設計了拖拉機夜過農村一所小學的場面，在七、

---

[51] 佛洛伊德著，林明德譯，《愛情心理學》，臺北：志文出版社，七五年十一月，頁一五三。
[52] 同[51]，頁一五〇。
[53] 同[43]，頁一四九。
[54] 同[43]，頁一五一－一五二。

八歲娃娃們讀書的地方，赫然地塗著紅漆語錄：「學校一切工作都是爲了改變學生的思想。」[55]還有一條「工人宣傳隊要在學校中長期留下去，參加學校中全部鬪、批、改任務，永遠領導學校。」[56]原來，學生在學校不是學習知識，而是改變思想，這不啻是對中共極權統治的最深刻批評。

由於感覺自己是「廢人」、「半個人」，同時又由於自己的無能，導致目睹妻子的與別人私通，章永璘於是進入性苦悶的第二階段，並且深深陷入自我認同的危機之中：與黃香久結婚原來意味著要和「一個活生生的、實實在在的肉體結合」[57]，獲得一個「女人」的眞正認同，在認同中汲取女人的力量，從事更高層次的精神的超越，「在家這個獨立王國中，潛心思索其他土地上的前景。」[58]然而，現實卻無情地擊碎了他的這個構想，章永璘的自我建構就這樣整個地崩塌了！他因而感到「一種莫名的自卑」[59]，他變得無心讀書、寫論文，甚至對這種精神活動的興趣都已經大大降低了。超越既然已經不復存在，只有苟且偷生、像大青馬般終生爲人驅使，任人宰割了。這時章永璘的精神及生的意志頹喪到了極點，他也想到死，將這個殘廢、不健全的軀體徹底

---

[55] 同[43]，頁一六五。
[56] 同[55]。
[57] 同[55]，頁九〇。
[58] 同[55]，頁一〇七。
[59] 同[55]，頁一三八。

抛擲、否決掉[60]。

六　章永璘的轉變契機

在章永璘最頹廢、墮落、認命的時刻，一個外在的契機卻奇蹟式地拯救了他。勞改場的大渠由於洪水泛濫，眼看著要決口了。大夥兒沒了主意，亂作一團。也許正是天意，這個資產階級家庭出身的章永璘，這個幾乎以勞改犯爲職業的章永璘，這個在女人面前喪失了男人的性機能的章永璘，同時也是個出身江南水鄉，熟悉水性的浪裏白條。章永璘奮不顧身地下水塡洞，無形間，成了這羣慌亂無著的救險人員的領袖和靈魂，並從中第一次體驗到自由人才有的——主宰自己，乃至主宰別人的心理感受。章永璘的自我認同完成了，他在床第之間如小老鼠般畏縮的怯懦感，於是被這一股創造的熱情扯得粉碎，章永璘終於在性行爲上印證了自己是個男人的感受[61]。

章永璘得到性愛，恢復了人的動物屬性的完整性之後，渡過了一段甜蜜的婚姻生活。漸漸地，他開始害怕這樣的夫妻生活會淹沒自己，先前的性苦悶至此讓位給理性的思索。在一個丙辰的腥風血雨之中，章永璘終於堅決地走向生死未卜之途。張賢亮對這個結局的解釋是：「世界上

[60] 同[55]，頁一五九。
[61] 同[55]，頁一八九—二〇二。

最可愛的是女人！還有比女人更重要的，女人永遠得不到她所創造的男人！」[62]張賢亮所以將篇名訂爲〈男人的一半是女人〉，想來是意謂女人的愛情只能塑造男人的半個世界，他的另一半的世界還是要他自己去建構、去完成。

七　對〈男人的一半是女人〉結局的爭議

對於章永璘的最後出走，大陸有的文評家由歷史唯物主義的觀點這樣解釋它：兩性關係本來是需要不斷發展和昇華的。黃香久在章永璘低層次的需要上，可以成爲同路人；一旦章永璘的精神開始提昇、飛躍，而黃香久仍停留在低層次上，他們間的關係因此無法繼續成長、發展，二者的最終離異，雖然殘酷，毋乃是生命發展的必然邏輯[63]。他們認爲，正是因爲張賢亮把人的追求和探索精神當成是人的本性中的積極向上的因素，來加以歌頌，這才使得他的男主角成了昇華的、充滿理性的唯物主義者[64]。

另一些文評家卻由傳統道德出發，將章永璘的出走看成是「背叛」。他們觀察到由寫於一九

---

[62] 同[55]，頁二八七。
[63] 同[42]，頁一三三。
[64] 〈「男人的一半是女人」的是與非——華南師大當代文學討論會記要〉，來源同[8]，頁一四二。

七九年的〈霜重色愈濃〉開始，張賢亮的筆即有意無意地集中在男主角的背叛行爲上。在〈霜重色愈濃〉裏，僅僅是由於情場上的怨恨，鬫星文就不惜在反右鬪爭中揭發同窗好友周原的家庭背景，從政治上詆毀他；〈土牢情話〉裏，石在出賣了熱戀他的女看守喬安萍，致使她受到姦汚和摧殘……至於〈綠化樹〉和〈男人的一半是女人〉裏的章永璘，不但在吃飽了馬纓花的土豆、饃饃之後，反倒暗暗地瞧不起她；更在黃香久使他恢復了男性的生機之後，更乾脆拋下她遠走高飛了。在他們看來張賢亮作品中男主角的背叛行爲，雖然主要是由身外的壓迫所促成，在某種意義上，他們就像阿Q一樣，已經成爲某種政治狀態的象徵，他們的背叛一如那個瘋狂的時代，都是理性泯滅之後的產物。然而，無論如何，背叛行爲本身依然是一個男人對操守的不由自主的放棄，一種發自男性本能的背叛[65]。

還有學者認爲，用「理性的必然」或「感情、道德的背叛」來解釋章永璘的最後出走都是不周延的。歸根究底，它是作者出於《唯物者的啟示錄》總體計畫的一種安排。作者是想用九個中篇來完成章永璘世界觀的轉變的。作爲第二個中篇，章永璘的形象不可能高大。無疑地，當他獲得創造力之後，他要投入一場眞正屬於人民的運動，這是無可指摘的。而且只有投入像一九七六年的「四五運動」，那種眞正屬於人民的運動，章永璘的人生價値才能達到新的起點。但讓人指

---

[65] 同[11]c，頁一〇六—一〇八。

責的是，在章永璘勞改農場所在的黃土高原上，他並沒有感到任何的革命要素。在他決定出走之前，他同羅宗祺的一次談話裏，他說到：「一種悲涼而又無可奈何的情緒向我們襲來，我們竟然生活在這種一片沙漠，一片自身正在遭受摧殘，而又摧殘著我們，但我們卻對其無能爲力的沙漠之中。」[66]這樣，他便把參加眞正的屬於人民的運動，和活在生養他的黃土地之上二者對立起來。要麼爲革命而出走；要麼不出走就無法革命，彷彿二者之間毫無融通、協合之處。其實，黃土高原上的芸芸眾生何嘗不是有待章永璘去引領，拯救的人民？遠處的烽煙看起來格外耀眼迷人，只是作者詩人情懷的浪漫看法，要革命就應該由腳跟處革起。恰恰在這一點上，張賢亮暴露了他認識深度和創造力不足之處[67]。

也有學者以爲，張賢亮對他筆下章永璘的出走，所以要加上「飛昇、騰躍」的光環，以掩蓋住背叛、離棄的眞相，是源於作者的心病——他不得不釋放那些困擾他的陰暗記憶，越來越不敢承認那些正是他自己靈魂受碾後的碎片，於是，不由自主地要爲自己辯解起來——目的的高尚可以抵銷手段的惡劣，這倒是一個對背叛的絕妙解釋，不知不覺地，就將背叛移到了一個無需寬恕的位置上[68]。藝術家每每用創作來進行自我的心理治療，張賢亮的情形似乎就是這樣。困於這種

[66] 同[43]，頁二六八。
[67] 應學犁，《論「男人的一半是女人」的哲學主題》，《南京大學學報》，一九八六年第三期，頁五七。
[68] 同[63]，頁一〇五。

內在的「心理糾結」，張賢亮於是始終超越不了自己，這就決定了他小說的局限性——即便對人性作了縱深的挖掘與探索，終仍予人超脫了的理性昇華損害了藝術眞實的印象。

八　結　語

㈠大陸社會長期以來政治鬪爭不斷，文化專制、思想控制達到可怕的程度。傳統的封建思想和現代迷信的結合，給大陸人民套上沉重的精神枷鎖。這種情形，在文革期間更是登峯造極。本來就經濟落後，人民生活窮困，文革期間更提倡「窮社會主義」，越窮越光榮。如是，把大陸人民變成二十世紀的「禁欲主義者」。在這樣的社會環境中，人性，包括愛情、溫飽等欲望都被禁錮、扭曲、控制了。人除了「階級性」以外，其他任何活生生的人的基本需求都在扼殺之列。然而，人的自然性、本性、本能是無論如何箝制不了的。不讓它正常地發展，合理地滿足，它也必然要變形地存在，畸形地發展[69]。

粉碎四人幫以後，隨著改革、開放的漸次展開，大陸人們的社會意識、思想觀念也受到巨大衝擊。在對過往的反思中，向現代化發展。就是在這樣的社會氣候中，人性、人的自然本能隨之

[69] 竹立，〈大陸當代的性文學〉，香港《明報》，一九八七年二月十九日，頁三三。

要求自由發展。這種情形反映在文學創作上，便是愛情小說的大量誕生。張賢亮的〈綠化樹〉和〈男人的一半是女人〉無疑是個中翹楚。

㈡卡繆說過，小說歷來都是形象的哲學。〈綠化樹〉及〈男人的一半是女人〉不僅是愛情小說，也是哲理小說。張賢亮很明顯地是用一種哲理寓乎故事、故事扶持哲理的方式，透過這兩個有聯貫性的愛情故事，來隱喻大陸這一代知識分子被剝蝕——墮落——再生的整個歷史命運[70]。

㈢〈男人的一半是女人〉這篇小說還含蘊了張賢亮對中共極左政治的深刻批判及其對中共前途的看法。在章永璘和虛幻中的宋江的對話裏談到：「現在也和宣和年間相差無幾。主上昏庸，虎狼當道，忠貞受害，此時不揭竿更待何時？」[71]章永璘還批評：『「文化大革命」首先搞亂的倒不是國家，而是敗壞了中華民族的道德。這可是要遺禍好幾百年的事！」[72]章永璘更剖析造成這種黑暗政治的癥結在於：「你用這位領袖過去的話來對付我，我用那位領袖過去的那句話來對付你，這就是馬克思說的：死人抓住活人；我們現在理論的發展的表現就是理論不發展。我們如果要在這窒息的情況下謀求發展，就要善於挑選有利於發展的語錄。我們的聰明不能用於創造，只能用於選擇。這就是我們理論的悲劇；它的最後一幕就是把我們全體領進死胡同。」[73]這裏，似

[70] 同[18]，頁一一三。
[71] 同[43]，頁一七二。
[72] 同[43]，頁二三六。
[73] 同[43]，頁二六六—二六七。

乎傳達了張賢亮對中共政治的看法：首先是封建主義和小生產的文化意識閹割了馬克主義的活的靈魂，而被歪曲的「馬克思主義」，又產生了「左」的政治；「左」的政治閹割著人們的創造心理；而失去創造性的民族，又孵化出官僚主義、以及像林彪、四人幫這樣的極左統治集團[74]。中共的出路何在？章永璘殫精竭慮的答案是：從小知中解放大知[75]，使馬克思主義從教條主義的束縛中解放出來，而賦予它實踐的活力。章永璘於是預期在上層領域裏將有一場革命，以變革生產關係，解放生產力[76]。這與其說是一九七五年章永璘在恍惚之中對中共政治的直覺頓悟，不如說是一九八五年的張賢亮對那段歷史的理性總結。儘管「左」的政治和四人幫統治閹割著生產力和生殖力，然而，人們生存和發展的欲望沒有泯滅，人們在同自然的鬪爭中——如作者所設計的抗洪救災事件裏——又不斷地培育出生產力和生殖力。這樣，就必然要爆發一場政治鬪爭，將四人幫及幫派體系整個瓦解[77]。

㈣張賢亮緊緊扣住人類生活的基石——「飲食、男女」這個最古老而最敏感的主題，在這兩篇小說裏，將他的政治譴責、人生感悟和美學觀照作了多層次的呈現[78]。其內在結構的複雜性和意

[74] 同[67]，頁五二。
[75] 同[43]，頁一七五。
[76] 同[43]，頁二六七。
[77] 同[74]。
[78] 同[6]，頁七六。

蘊層次的豐富性，稱得上是大家手筆。問題是張賢亮有意無意地將這幾個層次的不同姿態加以混淆，作者不但沒有運用敍事口吻、色調變換等技巧來拉開二十年前的章永璘和今天的張賢亮之間的距離，反而貼上許多議論、格言和引子，更增加了三種姿態之間的時空混亂感[79]，這正是他小說召喚、導致、經受和容納朦朧、紛雜的各類批評的原因之所在。抑且，張賢亮用畸形性心理來隱喻大陸知識分子的命運，固然是一項巧妙構思，但其實，深入剖析大陸人民在暴政下的變態性心理，恐怕是個更重大的文學課題[80]；再者，也許是「主題先行」的概念太強固了，以致他小說中社會、政治內容滲透得太具體、太集中，終究未能走出大陸文學作品習見的窠臼。

[79] 同[78]。
[80] 同[78]，頁七七。

阿城〈棋王〉一系列小說之評介

■阿城說過受《史記》的影響最深。在《史記》作者司馬遷的思想風格裏，我們的確尋出〈棋王〉這一系列作品的精神源頭。

■阿城的可貴即在於他是一個講真話的人……，真實地把自己的人性，對於大千世界的反射描繪出來。

一 前言

四人幫被整肅以後，時代的變革成了中國大陸社會生活的主要特徵。社會的變動像引擎一般推動著人們開始思索。對未來的希冀，對紛繁的變動現實的徬徨，都讓人們不由自主地返身回顧歷史，這是大陸當前「尋根」思潮興起的社會背景❶。另一方面，一些身經文化大革命的年輕作家們痛感到無休止的階級鬪爭使社會倫理關係惡化，民族的道德水準因文化的衰弱而下降。身爲知識份子，經歷了一個時代的殘酷，心靈的不勝重負和難以言宣的痛苦心態都讓他們轉向民族文化的傳統，有意識地在民族、民間的文化中去汲取具有樸實人道主義的質素❷，這是尋根思潮興起的文化背景。在這兩背景之上，產生了以阿城、鄭義、韓少功、賈平凹等爲代表的「尋根文學」或「文化小說」。這些作家由於經歷過一次又一次對傳統文化的批判，又都有過對西方文化的接觸，對中、西文化的優劣長短了然於心，這使他們的作品能够在更高的層次上反思民族文化傳統❸。

阿城無疑是這羣尋根作家中最幸運且最優秀的一位。〈棋王〉於八四年七月在《上海文學》

❶ 李書磊，〈文學對文化的逆向選擇〉，《光明日報》，一九八六年三月六日，第三版。
❷ 季紅眞，〈文明與愚昧的衝突〉，《中國社會科學》，一九八五年第四期，頁一五八。
❸ 同❷。

上發表後，阿城便立刻獲得當年「中國優秀中篇小說獎」。接著他的名字立卽傳誦遐邇。大陸各報紙及各文學雜誌紛紛著文來分析，賞鑒他的小說，其受注目與重視的程度，於此可見一斑。這些年來，他的名聲更像滾雪球般由北平滾向香港、美國、歐洲，成了各地漢學家們最熱門的話題。此地《聯合文學》、《自立晚報》於八六年內先後刊出阿城的〈棋王〉、〈樹王〉、〈孩子王〉一系列小說。新地出版社更於十一月間出版了《棋王、樹王、孩子王》專集，阿城小說於是成爲臺北文藝界八六年內最受矚目，廣爲推介的作品。阿城作品意蘊豐富，有其深刻迷人之處，爰爲文推介。

二 阿城其人及其思想

阿城原名鍾阿城，生於一九四九年的清明節，落地甫半載，中共政權卽成立，阿城因而戲謔自己是「舊社會過來的人」。中學未及畢業，撼天動地的文化大革命卽排山倒海而來。阿城不能身免，於是到山西、內蒙各地去插隊，後來又去了雲南邊區，吃飯有一頓沒一頓的，生活困窘到了極點[4]。當其時，他的父親——鍾惦棐（著名電影美學家）因〈電影的鑼鼓〉一文被打成右

---

[4] 杜邁可（Michael Duke），〈中華棋道畢竟不頹——評阿城的「棋王」〉，香港《九十年代》月刊，一九八五年八月，頁八二。

派，自顧尚且不暇，對阿城的支援當然談不上了。阿城窮則變，給老鄉們講故事，講完故事老鄉們就請他吃飯。講《三國》、講《水滸》，越講越有名，請的人越多。他自己說：「後來一開講，就有幾十人聚在老鄉家裏。」❺大概就在這一段靠說講故事以賺點吃喝的說書生涯裏，練就了阿城藝術創造的才華。文革後回北平，阿城在一家塑膠公司工作，業餘作畫自娛，曾經是「星星畫會」的一份子❻。由於善於說故事，朋友們就慫恿他寫小說。基於想賺點外快以貼補家用的理由❼，阿城將他文革期間的見聞閱歷寫成了他初試啼聲的作品——〈棋王〉，向《上海文學》投石問路。據阿城自己說：「在《上海文學》印出來之後，我個人認爲這篇東西是沒有人看的，誰知大家就哄起來了說這東西好。我就好像那種很笨的女人，突然一個男的說：『哎，你好漂亮！』我就問，『我眞漂亮嗎？』」❽據發表阿城處女作的《上海文學》的編輯李子雲說：「雖然我們編輯部拿到〈棋王〉手稿的時候，大部分編輯都認爲它的作者是位奇才——這篇作品從內容到形式直到語言文字，都表現了一種反時尙的『奇特』，同時透過作品還讓人感到作者在創作能力上還蘊含著極大的潛力。但我們畢竟未曾料到它在問世後竟然引起如此強烈而歷久不衰的

❺ 李子雲，〈話說阿城〉，香港《九十年代》月刊，一九八六年六月，頁九三。
❻ 同❹。
❼ 〈與阿城東拉西扯〉，香港《九十年代》月刊，一九八六年一月，頁六八。
❽ 同❼，頁六九。

反響。」❾可以說阿城的崛起大陸文壇，乃至轟動風靡，乃是極其偶然的事。也再一次印證了一眞理：眞正的作家是自然生成，而非刻意造就的。

雖然未曾見到任何阿城具體自述心路歷程的文字，但是根據零零星星的訪談資料，似可這樣拼湊出阿城心路的成長過程：少年時代受父親鍾惦棐的薰陶影響，博覽羣書，培養了文學的興趣與文字的技巧。大陸作家多多也說阿城的文學造詣之所以比人高，主要是「家學淵源」❿。阿城自承頂愛中國話本小說⓫，下鄉期間即以說講《三國》、《水滸》、《安娜卡列尼娜》等中外名著小說來賺點吃喝⓬，他對這些小說的耳熟能詳與浸潤之深可見一斑，而其思想觀念以至技巧風格受其潛移默化自是水到渠成，自然不過的事。阿城說過受《史記》的影響最深⓭。在《史記》作者司馬遷的思想風格裏，我們的確尋出〈棋王〉這一系列作品的精神源頭：司馬遷因爲所受教育之故，浸潤於儒家思想中不可謂不深，然他有他性格上最深的契合上的哲學面目——那便是道家。司馬遷說過：「老子修道德，其學以無名自隱爲務。」（《史記．老莊申韓列傳》）「李耳無

---

❾ 同❺，頁九二。

❿ 李瑞，〈在交會的時光裏：劉紹銘、葛浩文聚談近代中國文學〉，《中國時報》，七五年十二月十九日，第八版。

⓫ 羅青，〈沒準備成名的鍾阿城〉，香港《突破》月刊，一九八六年二至三月，頁五六—五七。

⓬ 同❺。

⓭ 同⓫。

為自化，清靜自立」（《史記・老莊申韓列傳》），又說：「老子所貴道，虛無因應，變化於無為，故著書辭，稱微妙難識。莊子散道德放論，要亦歸之自然。」（《史記・老莊申韓列傳》）都概括了老學或道家的眞精神——自然無為。所謂自然，用現在的話講，就是「順乎自然」，因為順乎自然，不加人力，所以也可以稱為「無為」。無為就是不勉強去做。這裏面包括一個前提：那就是承認客觀的力量。所謂客觀的力量，也便是一種「勢」。——這是物質的自然和人為的（文化的、歷史的）活動所加在一起而構造的一種趨勢（tendency）。這裏邊雖然不是純粹西洋所謂的自然主義（naturalism），然而實在是以自然主義為其基本出發點的⑭。阿城小說著意傳達鄉村荒林的簡淡蕭疏和含蘊在其中的那種寂寞，清遠情調，而小說人物決不與環境發生明顯衝突，往往受環境支配⑮，在在都是道家思想的體現。〈棋王〉中王一生有所待而有為的生活觀念與道家「無為而無不為」的處世態度；〈樹王〉中蕭疙瘩與自然生機相通的生命歷程與道家「天人合一」的自然觀，都有著內在的、深度的聯繫⑯。〈棋王〉結尾接語：「家破人亡，平了頭每日荷鋤，都自有眞人生在裏面，識到了，即是幸，即是福。衣食是本，自有人類，就是每日在忙

⑭ 李歷城，《司馬遷的人格與風格》，臺北，漢京文化事業公司，七二年二月，頁二一二—二一三。

⑮ 蘇丁、仲呈祥，〈論阿城的美學追求〉，《文學評論》月刊，一九八五年六月，頁五四。

⑯ 季紅眞，〈宇宙、自然、生命、人：阿城筆下的「故事」〉，《讀書》，一九八六年一月，頁四九—五七，轉引自《中國現代、當代文學研究》，一九八六年二月，頁二三八。

這個。可囿在其中，終於還不太像人。」⑰更完完全全傳達了道家的人生境界。除儒家思想外，阿城小說裏還有儒家、禪宗的影子在。阿城好友同爲上山下鄉夥伴的張郎郎這樣分析阿城作品的思想質素：「道家、佛家、儒家其實都有，也可以說沒有。在整個創作過程中，所有他過去他吸收的東西可能在這裏那裏閃現一下，最主要的是他眞實的把自己的人性，對於大千世界的反射描繪出來。」⑱也同意阿城小說有儒、道、釋色彩，惟是經過阿城消融詮釋過的儒、道、釋，見解精闢之至。

痛苦的時代易於產生超脫的哲學，身歷了文革時期政治的動盪、民生的疾苦，人命的微小、脆弱，共產主義以「革命」爲中心的理想主義於是再也滿足、欺哄不了天性敏感而又富於悟性的阿城的心。阿城於是自行出發去尋找更切近人生眞相的精神支柱，以達到他對時代痛苦的精神超越。老莊哲學無爲而無不爲的處世態度中對規律的重視，有機自然觀中樸素的生命意義，禪宗由直觀感應而達到頓悟的感知方式於焉適時地沁入阿城心脾，塡補了他精神領域的空白，也形成了他小說的主調。

---

⑰ 鍾阿城，《棋王、樹王、孩子王》，臺北新地出版社，七五年八月，頁六〇。
⑱ 同⑦，頁七二。

三　〈棋王〉、〈樹王〉、〈孩子王〉、〈樹樁〉、〈會餐〉各篇內容梗概及主題意義

〈棋王〉表面上是一個描寫知識青年在文革期間下鄉插隊落戶的故事。作者將焦點集中在一個素樸、執拗的棋呆子——王一生身上，且僅寫他「下棋」與「吃」兩回事。小說以滿載著知青的火車駛離城市展開情節。一個文革後家破人亡的知青，也就是故事中的敍述者「我」，在火車上邂逅了「棋呆子」王一生，兩人交上朋友。在以後的交談裏，「我」告訴王一生怎樣像野狼一樣混過，王一生告訴「我」他自己自幼家貧，吃飯僅求果腹及如何在中學開始迷上象棋，如何後來跟一個撿字紙的異人老頭兒學會了道家傳統準贏不輸的棋道。故事結尾寫王一生在千百村人及下放知青圍觀下，以車輪戰大勝九名高手，被擊敗的象棋冠軍最後還出面求和，慶幸因為有王一生，所以「中華棋道，畢竟不頽」。

〈棋王〉寫了「吃」，也寫了「棋」，還寫得很傳神。但是從那關於吃和下棋的描寫中，浮現出來的卻是嚴峻的人生。吃相不雅是因為常感饑餓，至於下棋更與常人不同，啟蒙、投師、揣摩、比賽都是在艱難、離奇甚至荒謬的情況下進行的。然而，無論社會環境如何荒謬，它終歸泯

滅、抹殺不了人在物質方面和精神方面的基本需求[19]。這是〈棋主〉的主題思想之一。

深一層看〈棋王〉，阿城寫作的用心其實並不在於揭示不同階層出身的知青對上山下鄉這一歷史命運的不同感受，不同態度；其潛心用意處，如作者自己所言是「寫人生而不是寫知青」。人生若何？人世若何？從小處言，是心與物的不諧，從大處講，是一盤棋子沒有擺正，無勢可窺的棋。然而，就是這芸芸眾生中的一個「呆子」，竟遣龍治水，氣貫陰陽，走出一條有聲有色的路來[20]。這裏阿城似乎肯定了個人的尊嚴和人的主體性，肯定了人可以作道德的抉擇，而不一定必然被歷史的潮流趨勢所擺佈。這是〈棋王〉的主題思想之二[21]。

阿城在〈棋王〉裏寫窮鄉僻壤、卑微無名的撿字紙老頭兒，窮酸畫家，寒微少年等人在默默中傳遞著文化的薪火。而這些卑賤小人物的技藝又每每遠勝過「國內高手」或書香門第之後。阿城似乎「相信人民中間的智慧，相信卑微者最聰明」[22]。這是〈棋王〉這篇小說透露的訊息之三。

---

[19] 羅張烈，〈關於阿城小說的三點思考〉，北京《文藝研究》月刊，一九八五年六月，頁八五—八八；轉引自《中國現代、當代文學研究》月刊，一九八六年一月，頁一四五。

[20] 郭銀星，〈阿城小說初論〉，瀋陽《當代作家評論》，一九八五年五月，頁一七—二五；轉引自《中國現代、當代研究月刊》，一九八六年一月，頁一三三。

[21] 同[4]，頁八三。

[22] 王蒙，〈且說「棋王」〉，《文藝報》，一九八四年十月，頁四五。

〈樹王〉寫的是鄉下老漢蕭疙瘩抗拒知青砍伐老樹，而與樹偕亡的故事。〈棋王〉中的王一生努力地在文化大革命那種非文化、反文化的氛圍中，藉著下棋以追求一點「人」的興味與價值。〈樹王〉中的蕭疙瘩則以螳臂當車的悲壯情懷來力抗時代的巨輪，雖然不敵而以身殉之，但他這種悲劇英雄的形象，帶給了讀者強烈的震撼與感動。

知青們基於政治的理由（接受貧下中農再教育，建設祖國，保衛祖國，改變一窮二白㉓）、科學的理由（由於它〔樹〕的位置不科學㉔）、教育上的理由（重要的問題是教育農民，舊的東西，是要具體去破的。樹王砍不砍，說到底，沒什麼。可是樹王一倒，一種觀念就被破除了，迷信還是其次，重要的是，人在如何建設的問題上將會思想為之一新，得到淨化㉕。）、經濟上的理由（它〔樹〕能幹什麼？燒柴？做桌椅？蓋房子？沒有多大的經濟價值㉖），農業上的理由（這種野樹太多了。沒有這種野樹，我們早就完成墾殖大業了㉗）。有無數的理由非要把這棵參天古樹砍掉不可㉘。

㉓同⑰，頁六八。
㉔同⑰，頁一〇二。
㉕同⑰。
㉖同⑰，頁一〇五。
㉗同㉖。
㉘譚嘉，〈豈祇是妙手偶拈得——試析阿城的「樹王」〉，一九八六年七月份《聯合文學》；轉引自鍾阿城《棋王、樹王、孩子王》一書附錄，頁二三一—二三二。

蕭疙瘩護樹的說辭爲：「我是粗人，說不來（它）有什麼用，可它長成那麼大，不容易。它要是個娃兒，養它的人不能砍它。」㉙「可這棵樹要留下，一個世界都砍光了，也要留下一棵，證明老天爺幹過的事。」㉚講的是一套愛生惜物，不願戡天役物的道家形式的人道主義。蕭疙瘩當然講不出什麼保護生態環境的大道理，但他知道（森林裏）有熊、有豹、有野豬、有野牛、有馬鹿、有麝貓㉛。有取之不盡的資源，人祇應生存，徜徉其間，而不是窮山而獵、竭澤而漁。闡揚自然無爲，認爲人祇是自然的一部分，不該自認爲是自然的統治者或征服者，應可視作是〈樹王〉所傳遞出來的主要訊息。

阿城在〈樹王〉結尾以熊熊烈火中毀滅的山林，爲主角蕭疙瘩平凡的生死，籠罩上一片悲壯神秘的氣氛。我們固然可以從一般社會學的角度，看到那個把革命推向極致，把人的主觀意志推向極致，完全無視自然規律與科學的荒謬年代，社會精神平衡的失調，對自然生態所造成的嚴重破壞，從而引申出保護生態環境等現代課題。但眞正打動讀者心靈的，卻是在那特定時代的社會心理氛圍中，不同人生內容的生命形態。小說中執意要砍樹的李立，他的眞誠不容置疑，他改造世界的抱負也充滿了理想主義的光彩，但他在整個時代思潮的濡染中形成了教條主義的思想方

㉙ 同㉖。
㉚ 同⑰，頁一〇六。
㉛ 同㉓。

法，以無知為無畏，缺少自然的情感，都使他的性格偏狹與板滯。而沈默瘦小，樸實無文的蕭疙瘩卻以其內向深沈的性格，表現了一個與自然冥合的平凡生命樸素而豐富的生命情致[32]。

在這個中篇裏，阿城把具象的自然與具象的人物都放在宇宙時空的巨大背景中，以豐富奇特的感覺與聯想，暗示著生命存在的普遍聯繫。巨樹和蕭疙瘩之間，自然與人之間，都在作者充滿時空意識的感覺中，流溢廻蕩起宇宙生命樸素雄渾的靈性。宇宙的永恆，自然的神秘，生命的莊嚴，都包孕在蕭疙瘩平凡博大的人格之中，使之超越了那個畸形的時代，象徵著宇宙生命永恆和諧的理想[33]，是這篇小說深層的抽象含蘊。

〈孩子王〉寫的是下鄉青年客串教師，教導一羣鄉下孩童的故事。寫鄉下教育環境的簡陋，師資、書籍的匱乏：只唸了一年高中的去教初二的課，整個學校沒有一部字典，語文課本等於政治讀本，初三唸了三年，也識不了多少字，連封信也寫不全，寫起作文來就是一字不差地照抄報紙社論……。但是阿城的用心，似乎不僅僅在寫文化的匱乏，他更著意寫匱乏環境中人的精神世界的堅持與豐實：小說中「我」這個年輕老師執著地按自己的理想教書；鄉下小孩小王福勤奮向學，求知若渴；王福的父親王七桶——一個粗人，即使在文化大革命那種漫天蓋地的非文化、反文化的氛圍裏，猶自保持著對文化的嚮往、尊崇，為了資助兒子上學而不辭勞苦地上山砍柴。年

---

[32] 同[16]，頁二三六。

[33] 同[32]。

輕教師臨行慨贈字典給王福，更象徵了文化、知識的傳承與薪火不絕。所謂「禮失而求諸野」，阿城去年十月在美國威斯康辛大學中國同學會的聚會上談到：「越離發三中五令遠的地方，純樸敦厚的民風保全得越多。」[34] 肯定並闡揚倖存於民間的文化意識，應是〈孩子王〉一文主題之所在。

〈會殧〉內容很簡單，寫的祇是生產隊上知青及農民們合力張羅會殧的整個經過。一清早先殺豬，即便文革再講什麼破四舊，整副豬肝還是給了殺豬師傅，中國人傳統的靠山吃山，靠水吃水的就近佔便宜的心態始終除不了。會殧開始，男人們在屋裏大碗喝酒、大口吃肉，婦女、孩子們卻只有在門邊兒噍口水的份兒。這又寫的是傳統男尊女卑，長幼有序觀念的深入民間人心，再什麼革命、運動也撼搖不了。會殧一完，女人、孩子爭相兜起衣襟，將殘羹剩飯搶掠一空，桌上、地上竟刮得一滴點兒也不剩，只留下片片水跡。全篇沒有寫一個「窮」字，但將窮的眞象刻劃得歷歷如繪，令人鼻酸。

在〈會殧〉的背後，阿城似乎著意在寫鄉野閭里間農民們豐富且不變的生活意趣。即便外面世界再如何驚濤駭浪，荒謬乖逆，農民們仍舊保持著一貫的生命活力與興味，這似乎即是這篇小說所透露出來的主題思想。

[34] 袁無名，〈且說阿城〉，《中國時報》，七五年十一月十二日，第八版。

[35] 同[17]，頁一八六。

〈樹椿〉寥寥數千字，內容更是精簡、省淨。寫一個老人，別號「樹椿」，已居風燭殘年，宛若一截生機幾若游絲的枯木。忽一日春風吹過，「樹椿」被人憶起是當年唱歌能手李二，這老爹竟也能一展少年風流，續上了從前的光彩。只可惜這祇是迴光返照，久長不了，老爹的歌還沒唱完，就倒地不支。老爹雖然宛若一截枯朽的樹椿，卻是他住過的那條街巷的精神的化身，「竟如一段無字殘碑，讓人讀這條街子」㉟。老爹的死，卽意味這條街道的精神的消失。阿城在這篇小說裏似在深深地哀惋著沈寂下去的傳統與過去。

四　小說人物特質

由於阿城一開始就有一種對整個人生的考慮，一種使命感，然後發而爲文㊱，所以他筆下人物祇是他藉以傳達哲學思想的意象或符號，而普遍地具備著後列七項特質：

㈠阿城小說中，人物活動的背景多是遠離都市、文明的窮鄉僻壤或洪荒曠野。但阿城並不著意渲染其間的奇瑰神秘、色彩姸麗的一面。而著意傳達鄉村荒林的簡淡蕭疏和含蘊其間的那份寂寞、淡遠的生活情調。〈棋王〉中那個「有麅子叫、有蛇的原始森林」，〈孩子王〉中的那個「

㊱ 同❼，頁七一。

場上有鷄豬在散步」的破落小學校，以及〈樹椿〉中那條又老又舊的巷子，都瀰漫著這種靜凝和寂寞的氛圍㊲。

㈡在本文所分析的五篇小說裏，呈現給讀者的直覺且最強烈的感受是：他各篇小說的主角人物都很奇特。從〈棋王〉主角王一生到〈樹王〉主角蕭疙瘩，以至〈樹椿〉主角李二；都是一些忠厚得近於痴呆，緘默得近似愚頑的小人物。借王一生的一句話來形容，他們都是些「野林子裏的異人」。特異的外貌，孤僻的性情，幾乎是他們共同的特徵。蓬首垢面的王一生由於嗜棋如命，迂濶至極而被冠上「棋呆子」的綽號，自不必言。表情僵硬、不善言辭的「矮漢子」蕭疙瘩（見〈樹王〉），面露凶色，力大無比的啞巴王七桶（見〈孩子王〉），無名無姓、無聲無息的「無字殘碑」（見〈樹椿〉）等，都屬於這一類㊳。

文學的目光由注意神化了的英雄，轉向於這些位卑名微的「小人物」的命運，反映了大陸近年哲學上的人的價值觀念的嬗變㊴。阿城以〈棋王〉爲代表的一系列小說關注各個階層的普通人的命運，實與大陸近年造神運動轉爲人的哲學思潮彼此呼應。

㈢阿城小說中，人物的生活需求往往和客觀社會環境處於不協調狀態。他們既無法改變這種

㊲ 同⑮。

㊳ 同⑮，頁五三。

㊴ 張韌，〈文學與哲學的浸滲和結盟的時代〉，《文學評論》，一九八六年四月，頁五一。

狀態又要求得到內心平衡，於是王一生祇有用「呆在棋裏舒服」來自我安慰，以逃避精神和物質的雙重困擾。「孩子王」被遣返後，也祇能用送字典給王福來取得主觀感受的協調。李二乾脆就離情斷知，物我雙泯（見〈樹樁〉）。而蕭疙瘩就因爲內心平衡被打破，僅有的一點精神寄托被剝奪，於是便只有鬱鬱以終。阿城似乎認爲：在動亂的現實面前，自我排遣、故作通脫，是王一生、蕭疙瘩、孩子王、李二等人唯一且無可奈何的選擇㊵。

㈣阿城小說中的人物，不論是年輕的王一生，還是上了年紀的大爹（見〈孩子王〉），無論是代課老師我（見〈孩子王〉），還是轉業軍人蕭疙瘩都沒有那麼強烈的自我意識，沒有那麼多紛擾不清的外在慾求與內心掙扎，也沒有爭強鬪勝的衝勁和勇氣。〈棋王〉裏王一生的口頭禪是「半飢半飽日子長」，和他一夥的知青們找到地方涮夜就其願已足。〈孩子王〉裏的「我」，進亦不喜，退亦不憂，神態超然，來去從容。〈樹樁〉裏的李二，多少年來默默地、平靜地面對著那啞了歌的巷子，如同一尊無字殘碑，僅僅在記憶裏咀嚼著他過去那段風流蘊藉的青春歡樂。這些人物總是一貫地保持著內心的平靜和自由，不爲外在的貧窮富貴、成敗榮辱而勞心勞神㊶。他們都是道家思想貫注的理想人物典型。

㈤阿城小說裏的主角們，雖然平和知足、曠達超脫，但他們在道德意識上仍有所肯定與堅

㊵ 同⑮，頁五六。

㊶ 同⑮，頁五三—五四。

持。〈棋王〉裏的王一生雖然愛棋如命，但別人要用賄賂方式讓他參賽，卻遭到他嚴辭的拒絕。他說：「我反正是不賽了，被人作了交易，倒像是我沾了便宜。我下得贏下不贏是我自己的事，這樣賽，被人戮脊樑骨。」㊷〈樹王〉裏的蕭疙瘩更不用說，爲了護持那棵他精神所繫的大樹，竟至樹倒人亡，表現出的完全是一種希臘悲劇英雄的高貴情操。面對著命運挑戰時，這高貴情操每每成爲主角受苦的原因，卻也是使這悲劇得到藝術提昇的緣由之所在㊸。〈孩子王〉裏的「我」即使教學環境再怎麼惡劣，還是本著自己的熱忱與良知作育人才，傳遞知識。他們所表現的正是有爲有守、擇善固執的傳統儒家精神。

㈥阿城筆下小人物在出場之初，常常是痴呆、笨拙、緘默無言的，但後來由於環境的作用，由於客觀因素的促成，他們都本能地煥發出光彩來，產生某種英雄行徑，然後他們或者死去（〈樹王〉、〈樹樁〉），或者復歸原來位置（〈棋王〉、〈孩子王〉）。於是，如同阿城所言：「從零開始的一切又復歸於零，普通人又復歸普通人，也許他們自己也不敢相信自己當初會有那頗有光彩的一搏，但歷史卻由此進了一步，完成了更高層次的復歸。」㊹這裏人生哲學指導下的兩極相通的圓圈結構，螺旋行進，給人一種平衡，靜穆的穩定感覺，顯然對阿城作品的總體風格的

㊷同⑰，頁四九。
㊸同㉘，頁二三五。
㊹同⑮，頁五五。

形成起了呼應作用㊺。

㈦阿城對各篇小說中的旁襯或反面人物，也都賦予了極大的愛心，不吝筆墨，細加雕琢，使他們個個具有豐實而生動的精神風貌。容或不同意甚且反對他們的思想或行徑，阿城亦祇娓娓細述其緣由，而決不出以任何主觀、決斷的否定或譴責。〈棋王〉裏的敍述者「我」，雖然也豁達瀟灑，但還是脫略不了文人習氣，阿城從他的生活背景裏找源頭；〈棋王〉裏的另一知青倪斌，元代大畫家倪雲林之後，開口閉口「蠻好，蠻好」，一副和常人迥異的尊貴習氣溢乎言表，又老愛炫耀家裏過去的繁盛景象。但阿城也寫他的大方請客，寫他的爲幫助王一生參賽，不惜用家傳的明朝烏木棋去行賄。阿城於八六年一月《九十年代》月刊在香港舉行的座談會上還特別談到：「這種『蠻好，蠻好』的上海國語在國內是有，那些宗族很大或傳統很深的大家族，在文革時期，自己非常習慣的生活破滅了，但新的生活的文化程度距離他太遠，於是很多都特意保留語言甚至生活習慣，以示區別。」㊻這裏見出阿城對文化現象的關注，以及善於利用口語以傳神地狀寫某一特定人物。〈樹王〉裏的李立，執意要砍樹、燒山，阿城將他的行徑解釋爲對馬列主義和毛澤東思想的絕對忠實，在更高層次上還哀憫他的愚忠及偏執。阿城寫這些人物，不怨不怒，見出阿城具有著藝術家寬廣的愛心和超然。

㊺ 同㊹。

㊻ 同❼，頁七〇。

五　小說思想、藝術特質

〈棋王〉〈樹王〉、〈孩子王〉、〈樹樁〉、〈會殯〉五篇小說主題各異，已如前述，然細加體會，似乎各篇都活躍在統一的藝術氛圍裏，置身在統一的觀念和情緒控制之中，構成一種特殊的審美意識，情調與風格。

阿城小說的思想及藝術特質可概況爲四點：

㈠阿城小說的整體創作意識，來自作者對傳統文化所作出的思考，以及爲民族文化的現實地位而承受著的渾厚感受㊼。小說裏的「棋」「樹」「字典」全跳出了字面的、單薄的意義，而負載了豐富而嚴肅的文化意識。

〈棋王〉裏王一生的象棋學自一個撿字紙的老頭兒，老頭兒向王一生這樣解釋「中華棋道」：「陰陽之氣相游相交，初不必太盛，太盛則折，……太弱則瀉。若對手勝，則以柔化之。可要在化的同時，造成克勢。無爲卽是道，也就是棋運之大不可變，……棋運不可悖，但每局的局勢要自己造，棋運和勢既有，那就可無所不爲了，玄是眞玄，可細琢磨，是那麼個理兒。」㊽完全是

㊼同⑳，頁一二六。
㊽同⑰，頁一六—一七。

把棋道作爲傳統的宇宙觀和人生觀融成一片的主要象徵。小說結尾，一個贏得象棋冠軍的老者對王一生甘拜下風，這樣地稱許王一生的棋道：「你小小年紀，就有這樣棋道，我看了，匯道禪於一爐，神機妙算，先聲有勢，遣龍制水，氣貫陰陽，古今儒將，不過如此。老朽有幸與你接手，感觸不少，中華棋道，畢竟不頹，願與你做個忘年之交。」[49]更是明顯地指出了王一生的棋道是融會貫通了中華民族的基本思想[50]。

阿城將「棋」的使命安在王一生身上，是有著深刻的必然性和哲理內涵的。阿城似乎「相信人民中間的智慧，相信卑賤者最聰明」[51]。傳統文化的命脈由撿字紙老頭兒傳給了寒傖貧賤的王一生，王一生從此在變動不居的時運中，毅然地肩負起傳承歷史、文化的重責大任。小說收尾的「中華棋道，畢竟不頹」句，更象徵了阿城對於迭受頓挫、斲傷的傳統文化永不熄滅的信心。

〈樹王〉裏蕭疙瘩的護樹，既可看作是道家尊崇自然，順應自然的觀念的體現，又何嘗不可看作蕭疙瘩這一鄉野粗人對傳統文化這棵大樹的珍惜，寶愛，拼死不忍見其消毀，絕滅；〈孩子王〉裏的老師將字典送給質樸好學的小王福，文化薪火相傳的意義更是極其明顯。

開放時代外來文化的衝擊，使阿城和他同時代的許多年輕作家幾乎不約而同地返身重新觀照

---

[49] 同[17]，頁五八—五九。
[50] 同[4]，頁八五。
[51] 同[22]。

自己民族久遠的歷史文化。阿城似乎有意以一個人（這個人可以是下棋的，也可以是畫畫的、唱戲的、或教書的）的精神道路來象徵民族精神的道路，以一個人的命運來暗示傳統文化的歷史命運[52]。

㈡阿城小說中贊許一種平實、超然的人生態度。這種人生觀入世近俗，不恥言飲食男女，在人類基本的生命活動中，體察著芸芸眾生的甘苦。即使在困苦勞頓中一度悵惘迷失，也終於在博大的現象世界啟悟中，獲得豁達的胸襟[53]。無論是出身寒苦始終為衣食困頓著，卻終於以其普通人的執拗，而完成了一次又一次人生證明的王一生，或短小精悍，沉默固執，終因不能順從盲目潮流而抑鬱以終的蕭疙瘩；還是在艱辛生活中深藏著樸素希望的王七桶（見〈孩子王〉），及在荒謬年代裏，依舊保持著豐富生活意趣的農民們（見〈會�〉），都表現了一種平凡卻不猥瑣，抑且自尊、自重的人生態度。

㈢由入世近俗以至於深刻的認同，阿城對於筆下卑微小人物的人生際遇，既不是居高臨下的憐憫，更不是自命高超的苛責，而是深切的體察與積極的內省[54]。與阿城一起下放的張郎郎去春接受《九十年代》訪問時說：「文化大革命對阿城和我們這些人最大的好處，就是讓我們這些人

[52] 同[20]，頁一一八。
[53] 同[16]，頁一三四。
[54] 同[53]。

到了眞正的底層，只有在這個時候，他才能有一個反躬自省和重新認識自己和社會的機會。」[55]道出了阿城人道主義胸襟之所由來。這種人道精神的廣被流佈，使阿城筆下人物即使是陪襯或反面角色，也都個個善良而富人性。

㈣阿城小說在基本組構上暗合於中國傳統的文化、藝術精神。中國傳統文化認爲：宇宙深處是無形無色的虛空，而這虛空卻是萬物的源泉和生生不息的創造力之所在。老莊名之爲「道」，儒家名之曰「天」。宗白華在《美學的散步》裏曾指出，中國文化所表現的精神是一種深沉靜默地與無限的自然，無限的太空渾然融化，合而爲一。它所展示的境界是深遠而寂寞的。中國古典詩、畫所呈現的就是這種境界。阿城藝術世界深處蟄伏著的寂寞和虛靜，正與中國古典詩歌中的虛靜、國畫中的空白異曲而同工[56]。由〈棋王〉到〈樹王〉、〈孩子王〉、〈樹樁〉都可以看出，阿城的藝術人格深受傳統文化精神的滋潤與浸染。他心態的淡泊正是他小說沖淡風格形成的內在原因。這種由淡泊、寂寞的人物和沉穩、自然的結構形態所凝鍊的沖淡之美，正是阿城小說魅力之所在[57]。阿城善於畫畫，或許這也是他小說素淨、淡遠如畫般背景之所由來。

---

[55] 同[7]，頁七一。

[56] 同[15]，頁五四—五六。

[57] 同[56]。

六 結論

㈠阿城小說裏確有道家哲學、禪宗思想的痕跡。阿城顯然接受了我們先哲關於齊物、順性、保持天機完整的思想，並以此一哲學意識出發，對文化大革命的主觀和狂妄進行深刻的批判。阿城並未宣揚道家哲學中唯心消極的一面，而是針對其合理客觀的一面加以發揮。〈棋王〉寫下棋、〈會殮〉寫「吃」，〈孩子王〉寫「讀書」，〈樹樁〉寫唱歌，阿城各就不同方面來寫人的物質和精神兩方面的基本慾求。但在文革那段翻天覆地的動亂歲月裏，社會卻戕賊、阻礙了人的自然慾求的獲得與滿足。社會成了人的發展的對立物，因而造成了人性和社會的割裂。不僅是人，自然的生靈和生態也都受到那樣喝令三山五岳開道的造反英雄們的褻瀆與摧殘。〈樹王〉就表現了這種人與自然、人與人的衝突。對待自然的態度聯繫著對待人的態度，〈樹王〉中那股逆自然規律而動的「戕天」的惡勢力，在其他小說裏就成了「役人」的異己力量，壓抑著人的自然慾求（吃飯、下棋、唱歌、識字），迫得人失了棋、失了歌、失了書、失了自然，等於失了整個中國文化。這無疑是對文化大革命的最深刻的批判[58]。而阿城的批判卻出以冷凝、低調的形式，

[58] 同[15]，頁五七—五八。

小說從頭到尾沒有出現過一個流血事件、慟哭場面，甚至作者連一絲絲激動的情緒也沒有流露過。就這樣心平氣和地娓娓道來，卻比一般傷痕文學的大喊大叫式的抨擊深沉有力得多。阿城筆下所表現的人生的辛酸與悲哀於是超出了具體事件的局限，也超出了文化大革命所帶給人們的災難和一代知識青年上山下鄉所遭遇的不幸，而賦予它以更普遍的意義——一種超越時空局限的人生的悲哀[59]。這是阿城小說不同凡響之處。

大陸一般傷痕文學或描寫文革及社會現實的作品，往往離不開一種使命感或革命文學的框框，總是先有一個主題，藉此暴露一些東西——以教育讀者。於是這些作者在寫作時戴上了面具，擺出了姿態，簡直忘記了眞話該怎麼講。阿城的可貴即在於他是一個講眞話的人，而且將眞話講得那麼好，眞實地把自己的人性，對於大千世界的反射描繪出來[60]。因而使得他的作品遠離了大陸流行文學悲劇式浪漫主義的淺薄與濫情，帶給讀者深深的感動與省思。

㈡阿城〈棋王〉這一系列小說是大陸近年「尋根」思潮中湧現的一枝奇葩。強化「民族文化意識」和文學「尋根」論的提出，是大陸一些作家，特別是一些中青年作家對近年文學發展的一種思考和探索。大陸批評界將「尋根」思潮概括爲「作家文化意識的覺醒」。文學主導思想自此

---

[59] 同[5]。

[60] 同[7]，頁七一—七二。

由單一的經濟政治意識延伸，深化爲文化意識[61]。其對於文學的影響，與其說是在於它的內容，毋寧說是在於它的觀點，其價值與其說是它使許多難以進入審美表現的對象，進入了文學的領域，從而擴大了文學的視野，不如說它給予了這些對象以全新的觀照和透視，從而發掘出了新的意義[62]。「尋根」文學作品一般具有下列兩項特質：1.作品中的人物一般都比較抽象，缺乏和時代血脈相關的豐富歷史內容和具體現實關係的表現。2.作品大都充滿著寓意性，充分體現出作者的有關歷史的、哲學的、人生的、道德的價值判斷[63]。這兩項特質也見於阿城的〈棋王〉一系列小說中。

㈢阿城這樣說過：「洋人把中國人的小說拿去，主要是作爲社會學的材料，而不作爲小說。……但社會學不能涵蓋文化，相反地文化卻能涵蓋社會學以及其他。」[64]又說：「文化是一個絕大的命題，文學不認眞對待這個高於自己的命題，不會有出息。……五四運動在社會變革上有著不容否定的進步意義，但它較全面性地對民族文化的虛無主義的態度，加上中國社會一直動盪不安，使民族文化的斷裂延續至今。『文化大革命』更其徹底，把民族文化判給階級文化，橫掃一

---

[61] 同[1]。
[62] 吳秉杰，〈文化的人類學追求與文化的社會學追求：評近年小說中的「文化熱」〉，《光明日報》，一九八五年十一月二十七日，頁三。
[63] 同[62]。
[64] 阿城，〈文化制約著人類〉，《文藝報》，一九八五年七月六日，第二版。

通，我們差點兒連遮羞布也沒有了。」[65]見出阿城對傳統文化珍愛顧惜的態度，也顯示了阿城欲文以載道，以小說來統攝，表現中華文化發展脈絡的雄心與抱負。以阿城爲代表的大陸年輕一輩「尋根作家」的重行肯定與探索傳統文化，是傳統文化根苗在大陸重新萌芽復甦的另一徵兆，可與大陸學術界邇來的重估傳統文化併而視之。偉大的文學作品一定要植根在廣濶深厚的文化土壤之中。大陸年輕一輩作家這樣往下紮根於傳統土壤，往上才有開出鮮艷奪目的奇花異卉的一天。

---

[65] 同[64]。

滄海叢刊已刊行書目(八)

書名	作者	類別
文學欣賞的靈魂	劉述先	西洋文學
西洋兒童文學史	葉詠琍	西洋文學
現代藝術哲學	孫旗譯	藝術
音樂人生	黃友棣	音樂
音樂與我	趙琴	音樂
音樂伴我遊	趙琴	音樂
爐邊閒話	李抱忱	音樂
琴臺碎語	黃友棣	音樂
音樂隨筆	趙琴	音樂
樂林蓽露	黃友棣	音樂
樂谷鳴泉	黃友棣	音樂
樂韻飄香	黃友棣	音樂
樂圃長春	黃友棣	音樂
色彩基礎	何耀宗	美術
水彩技巧與創作	劉其偉	美術
繪畫隨筆	陳景容	美術
素描的技法	陳景容	美術
人體工學與安全	劉其偉	美術
立體造形基本設計	張長傑	美術
工藝材料	李鈞棫	美術
石膏工藝	李鈞棫	美術
裝飾工藝	張長傑	美術
都市計劃概論	王紀鯤	建築
建築設計方法	陳政雄	建築
建築基本畫	陳榮美 楊麗黛	建築
建築鋼屋架結構設計	王萬雄	建築
中國的建築藝術	張紹載	建築
室內環境設計	李琬琬	建築
現代工藝概論	張長傑	雕刻
藤竹工	張長傑	雕刻
戲劇藝術之發展及其原理	趙如琳譯	戲劇
戲劇編寫法	方寸	戲劇
時代的經驗	汪琪 彭家發	新聞
大衆傳播的挑戰	石永貴	新聞
書法與心理	高尚仁	心理

滄海叢刊已刊行書目(七)

書名	作者	類別
印度文學歷代名著選(上)(下)	糜文開編譯	文學
寒山子研究	陳慧劍	文學
魯迅這個人	劉心皇	文學
孟學的現代意義	王支洪	文學
比較詩學	葉維廉	比較文學
結構主義與中國文學	周英雄	比較文學
主題學研究論文集	陳鵬翔主編	比較文學
中國小說比較研究	侯健	比較文學
現象學與文學批評	鄭樹森編	比較文學
記號詩學	古添洪	比較文學
中美文學因緣	鄭樹森編	比較文學
文學因緣	鄭樹森	比較文學
比較文學理論與實踐	張漢良	比較文學
韓非子析論	謝雲飛	中國文學
陶淵明評論	李辰冬	中國文學
中國文學論叢	錢穆	中國文學
文學新論	李辰冬	中國文學
離騷九歌九章淺釋	繆天華	中國文學
苕華詞與人間詞話述評	王宗樂	中國文學
杜甫作品繫年	李辰冬	中國文學
元曲六大家	應裕康 王忠林	中國文學
詩經研讀指導	裴普賢	中國文學
迦陵談詩二集	葉嘉瑩	中國文學
莊子及其文學	黃錦鋐	中國文學
歐陽修詩本義研究	裴普賢	中國文學
清真詞研究	王支洪	中國文學
宋儒風範	董金裕	中國文學
紅樓夢的文學價值	羅盤	中國文學
四說論叢	羅盤	中國文學
中國文學鑑賞舉隅	黃慶萱 許家鸞	中國文學
牛李黨爭與唐代文學	傅錫壬	中國文學
增訂江皋集	吳俊升	中國文學
浮士德研究	李辰冬譯	西洋文學
蘇忍尼辛選集	劉安雲譯	西洋文學

滄海叢刊已刊行書目(六)

書名	作者	類別
卡薩爾斯之琴	葉石濤	文學
青囊夜燈	許振江	文學
我永遠年輕	唐文標	文學
分析文學	陳啓佑	文學
思想起	陌上塵	文學
心酸記	李喬	文學
離訣	林蒼鬱	文學
孤獨園	林蒼鬱	文學
托塔少年	林文欽編	文學
北美情逅	卜貴美	文學
女兵自傳	謝冰瑩	文學
抗戰日記	謝冰瑩	文學
我在日本	謝冰瑩	文學
給青年朋友的信(上)(下)	謝冰瑩	文學
冰瑩書柬	謝冰瑩	文學
孤寂中的廻響	洛夫	文學
火天使	趙衛民	文學
無塵的鏡子	張默	文學
大漢心聲	張起鈞	文學
回首叫雲飛起	羊令野	文學
康莊有待	向陽	文學
情愛與文學	周伯乃	文學
湍流偶拾	繆天華	文學
文學之旅	蕭傳文	文學
鼓瑟集	幼柏	文學
種子落地	葉海煙	文學
文學邊緣	周玉山	文學
大陸文藝新探	周玉山	文學
累廬聲氣集	姜超嶽	文學
實用文纂	姜超嶽	文學
林下生涯	姜超嶽	文學
材與不材之間	王邦雄	文學
人生小語(一)(二)	何秀煌	文學
兒童文學	葉詠琍	文學

滄海叢刊已刊行書目（五）

書名	作者	類別
中西文學關係研究	王潤華	文學
文開隨筆	糜文開	文學
知識之劍	陳鼎環	文學
野草詞	韋瀚章	文學
李韶歌詞集	李韶	文學
石頭的研究	戴天	文學
留不住的航渡	葉維廉	文學
三十年詩	葉維廉	文學
現代散文欣賞	鄭明娳	文學
現代文學評論	亞菁	文學
三十年代作家論	姜穆	文學
當代臺灣作家論	何欣	文學
藍天白雲集	梁容若	文學
見賢集	鄭彥棻	文學
思齊集	鄭彥棻	文學
寫作是藝術	張秀亞	文學
孟武自選文集	薩孟武	文學
小說創作論	羅盤	文學
細讀現代小說	張素貞	文學
往日旋律	幼柏	文學
城市筆記	巴斯	文學
歐羅巴的蘆笛	葉維廉	文學
一個中國的海	葉維廉	文學
山外有山	李英豪	文學
現實的探索	陳銘磻編	文學
金排附	鍾延豪	文學
放鷹	吳錦發	文學
黃巢殺人八百萬	宋澤萊	文學
燈下燈	蕭蕭	文學
陽關千唱	陳煌	文學
種籽	向陽	文學
泥土的香味	彭瑞金	文學
無緣廟	陳艷秋	文學
鄉事	林清玄	文學
余忠雄的春天	鍾鐵民	文學
吳煦斌小說集	吳煦斌	文學

滄海叢刋已刋行書目㈣

書名	作者	類別
歷史圈外	朱桂	歷史
中國人的故事	夏雨人	歷史
老臺灣	陳冠學	歷史
古史地理論叢	錢穆	歷史
秦漢史	錢穆	歷史
秦漢史論稿	刑義田	歷史
我這半生	毛振翔	歷史
三生有幸	吳相湘	傳記
弘一大師傳	陳慧劍	傳記
蘇曼殊大師新傳	劉心皇	傳記
當代佛門人物	陳慧劍	傳記
孤兒心影錄	張國柱	傳記
精忠岳飛傳	李安	傳記
八十憶雙親 師友雜憶 合刋	錢穆	傳記
困勉強狷八十年	陶百川	傳記
中國歷史精神	錢穆	史學
國史新論	錢穆	史學
與西方史家論中國史學	杜維運	史學
清代史學與史家	杜維運	史學
中國文字學	潘重規	語言
中國聲韻學	潘重規 陳紹棠	語言
文學與音律	謝雲飛	語言
還鄉夢的幻滅	賴景瑚	文學
葫蘆・再見	鄭明娳	文學
大地之歌	大地詩社	文學
青春	葉蟬貞	文學
比較文學的墾拓在臺灣	古添洪 陳慧樺 主編	文學
從比較神話到文學	古添洪 陳慧樺	文學
解構批評論集	廖炳惠	文學
牧場的情思	張媛媛	文學
萍踪憶語	賴景瑚	文學
讀書與生活	琦君	文學

滄海叢刊已刊行書目㈢

書名	作者	類別
不疑不懼	王洪鈞	教育
文化與教育	錢穆	教育
教育叢談	上官業佑	教育
印度文化十八篇	糜文開	社會
中華文化十二講	錢穆	社會
清代科舉	劉兆璸	社會
世界局勢與中國文化	錢穆	社會
國家論	薩孟武譯	社會
紅樓夢與中國舊家庭	薩孟武	社會
社會學與中國研究	蔡文輝	社會
我國社會的變遷與發展	朱岑樓主編	社會
開放的多元社會	楊國樞	社會
社會、文化和知識份子	葉啓政	社會
臺灣與美國社會問題	蔡文輝 蕭新煌 主編	社會
日本社會的結構	福武直 著 王世雄 譯	社會
三十年來我國人文及社會科學之回顧與展望		社會
財經文存	王作榮	經濟
財經時論	楊道淮	經濟
中國歷代政治得失	錢穆	政治
周禮的政治思想	周世輔 周文湘	政治
儒家政論衍義	薩孟武	政治
先秦政治思想史	梁啓超原著 賈馥茗標點	政治
當代中國與民主	周陽山	政治
中國現代軍事史	劉馥 著 梅寅生 譯	軍事
憲法論集	林紀東	法律
憲法論叢	鄭彥棻	法律
師友風義	鄭彥棻	歷史
黃帝	錢穆	歷史
歷史與人物	吳相湘	歷史
歷史與文化論叢	錢穆	歷史

滄海叢刊已刊行書目(二)

書名	作者	類別
語言哲學	劉福增	哲學
邏輯與設基法	劉福增	哲學
知識·邏輯·科學哲學	林正弘	哲學
中國管理哲學	曾仕強	哲學
老子的哲學	王邦雄	中國哲學
孔學漫談	余家菊	中國哲學
中庸誠的哲學	吳怡	中國哲學
哲學演講錄	吳怡	中國哲學
墨家的哲學方法	鐘友聯	中國哲學
韓非子的哲學	王邦雄	中國哲學
墨家哲學	蔡仁厚	中國哲學
知識、理性與生命	孫寶琛	中國哲學
逍遥的莊子	吳怡	中國哲學
中國哲學的生命和方法	吳怡	中國哲學
儒家與現代中國	韋政通	中國哲學
希臘哲學趣談	鄔昆如	西洋哲學
中世哲學趣談	鄔昆如	西洋哲學
近代哲學趣談	鄔昆如	西洋哲學
現代哲學趣談	鄔昆如	西洋哲學
現代哲學述評(一)	傅佩榮譯	西洋哲學
懷海德哲學	楊士毅	西洋哲學
思想的貧困	韋政通	思想
不以規矩不能成方圓	劉君燦	思想
佛學研究	周中一	佛學
佛學論著	周中一	佛學
現代佛學原理	鄭金德	佛學
禪話	周中一	佛學
天人之際	李杏邨	佛學
公案禪語	吳怡	佛學
佛教思想新論	楊惠南	佛學
禪學講話	芝峯法師譯	佛學
圓滿生命的實現(布施波羅蜜)	陳柏達	佛學
絶對與圓融	霍韜晦	佛學
佛學研究指南	關世謙譯	佛學
當代學人談佛教	楊惠南編	佛學

滄海叢刊已刊行書目(一)

書名	作者	類別
國父道德言論類輯	陳立夫	國父遺教
中國學術思想史論叢(一)(二)(三)(四)(五)(六)(七)(八)	錢穆	國學
現代中國學術論衡	錢穆	國學
兩漢經學今古文平議	錢穆	國學
朱子學提綱	錢穆	國學
先秦諸子繫年	錢穆	國學
先秦諸子論叢	唐端正	國學
先秦諸子論叢(續篇)	唐端正	國學
儒學傳統與文化創新	黃俊傑	國學
宋代理學三書隨劄	錢穆	國學
莊子纂箋	錢穆	國學
湖上閒思錄	錢穆	哲學
人生十論	錢穆	哲學
晚學盲言	錢穆	哲學
中國百位哲學家	黎建球	哲學
西洋百位哲學家	鄔昆如	哲學
現代存在思想家	項退結	哲學
比較哲學與文化(一)(二)	吳森	哲學
文化哲學講錄(一)(二)(三)(四)	鄔昆如	哲學
哲學淺論	張康譯	哲學
哲學十大問題	鄔昆如	哲學
哲學智慧的尋求	何秀煌	哲學
哲學的智慧與歷史的聰明	何秀煌	哲學
內心悅樂之源泉	吳經熊	哲學
從西方哲學到禪佛教—「哲學與宗教」一集—	傅偉勳	哲學
批判的繼承與創造的發展—「哲學與宗教」二集—	傅偉勳	哲學
愛的哲學	蘇昌美	哲學
是與非	張身華譯	哲學